小惡魔學妹
纏上了被女友劈腿的我
My coquettish junior attaches herself to me!
6
Kadokawa Fantastic Novels

「呵呵。我覺得
悠太應該會喜歡這套衣服。」
相坂禮奈
Situation 1
跟前女友在女子大學約會。

羽瀨川悠太
「妳……妳是配合我的喜好穿的嗎？」
「嗯。是配合今天的約定唷，我想讓你心動一下。」
「這……這樣啊。」
這話實在說得太過直接而讓我亂了陣腳，這時禮奈朝我的身體靠了過來。她的頭輕輕抵上我的鎖骨。
「欸，我們現在要去哪裡呢？」

Situation 2
同好會的夏日旅行！
美濃彩華
月見里那月

藤堂真斗
志乃原真由

Situation 3
一個夏天的衝動。
「你應該知道吧。」

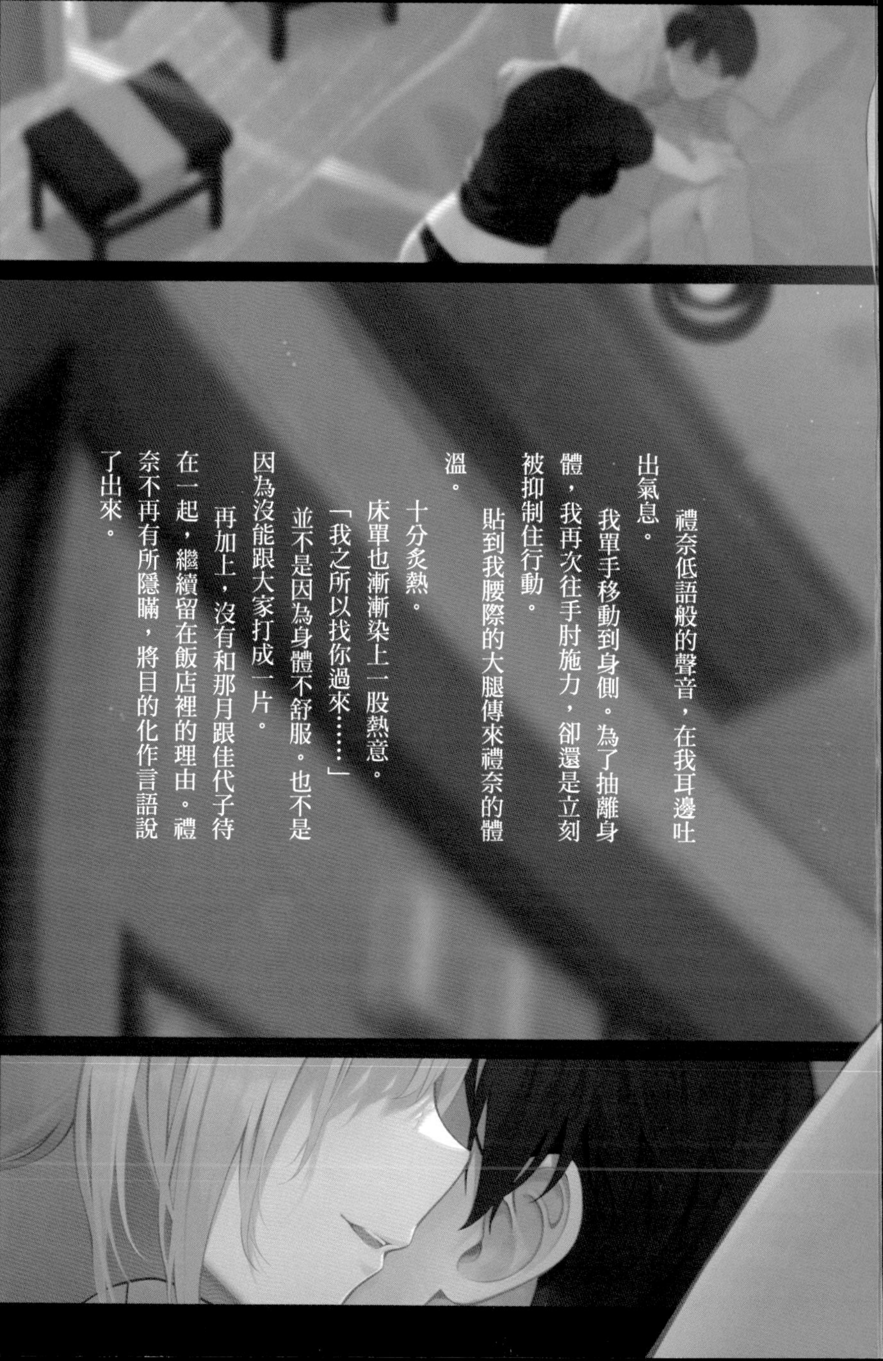

禮奈低語般的聲音，在我耳邊吐出氣息。

我單手移動到身側。為了抽離身體，我再次往手肘施力，卻還是立刻被抑制住行動。

貼到我腰際的大腿傳來禮奈的體溫。

十分炙熱。

床單也漸漸染上一股熱意。

「我之所以找你過來……」

並不是因為身體不舒服。也不是因為沒能跟大家打成一片。

再加上，沒有和那月跟佳代子待在一起，繼續留在飯店裡的理由。禮奈不再有所隱瞞，將目的化作言語說了出來。

Short Story

問問看大家想去哪裡旅行呢？

♥彩華的情況……

「妳想去哪裡旅行呢？」

「泡溫泉。我很想療癒一下身體的疲憊感呢。」

「妳很累嗎？」

「嗯，最近肩頸都很痠痛。」

「……肩頸痠痛。」

「你是在看哪裡啊。」

♥禮奈的情況……

「妳想去哪裡旅行呢？」

「嗯——跟悠太一起旅行的話，去哪裡應該都能玩得很開心。」

「這個回答也太狡猾了！」

「咦～那不然……海邊或山上？還有主題樂園之類的……」

「沒想到妳還滿貪心的呢……」

「早知道就不要講了……我竟然犯下這種失誤……」

「妳這麼消沉讓我覺得很受傷耶！」

♥真由的情況……

「妳想去哪裡旅行呢？」

「想去海邊玩！雖然太陽是女生的天敵，但還是無法抵抗海邊的魅力！」

「夏天果然就是要去海邊玩呢。但夏天之外就很少去了。」

「有個地方，無論哪一個季節去都能玩得很開心喔。就讓我來告訴學長吧！」

「是哪個地方啊，真令人在意。」

「呵呵呵。那就是～！學長家！」

「對我來說只是個住處就是了。」

小惡魔學妹纏上了被女友劈腿的我 6

My coquettish junior attaches herself to me!

御宮ゆう

插畫 えーる

Kadokawa Fantastic Novels

My coquettish junior
attaches herself to me!

★序章

智慧型手機的螢幕顯示出淡淡的光芒。

儘管是在這樣酷熱的天氣底下，我的身體卻冰冷到令人不快。

滑過螢幕的手指停了下來，一直緊盯著一篇貼文看的我，最終深深地大嘆了一口氣。

——沒時間了。

我也知道自己投身的戰場有多麼嚴苛。

一般來說前女友想重修舊好，通常是無能為力的。

即使在網路上找到集結了很多相同處境者的文章，頂多也只是讓內心的波動稍微平靜一點而已。

並不代表這樣就能拉近跟那個人之間的距離。

周遭的人都對我說：

「妳還是別再執著於那個前男友比較好。」

周遭的人都對我說：

「下一個對象很快就會出現了。」

周遭的人都對我說：

「這樣只會更難受而已，還是跟其他人在一起吧。」

聽完這些意見，我只有一個想法。

這些事情全都由我自己決定。

我還沒放棄。

正因為還沒放棄，才總是有一股小小的焦躁感在我內心盤旋。

現在，那個漩渦越來越大了。

我將注意放在收回口袋的手機上。

腦海中閃現的是剛剛看到的那張照片。

那兩人的距離想必在我不知道的地方——

心中雖然這麼想，卻也留下了疑問。

真的是這樣嗎？

或許只是單方面的行為，像是從緊繃的線當中岔出的線頭。

既然如此，這個疑問也不過是杞人憂天而已。

不過，反正都沒關係了。

對我來說，只要能成為在背後推我一把的引爆點，這樣就夠了。

我一直想要一個前進的理由。因為我知道，要從一度停滯的關係中抽身有多麼困難。

我想要一個斷絕後路的理由。因為我知道自己的價值觀會放任關係繼續停滯。

所以，我立下一個誓言。

──我要改變。

想必就只剩下這次的機會可以實現。

作夢的日子，已經夠了。

第1話　夏天開始了

聽見蟬鳴了。

梅雨季結束之後過了一段時間，外頭的天氣就像籠罩在煮沸般的酷熱之中一樣。

氣溫轉眼間就突破三十度，如果沒開冷氣，甚至沒辦法自在地窩在家裡。

如果氣溫可以停留在這樣的程度的話還算令人開心，但到了八月肯定會變得更熱，一想到就讓人更加憂鬱。

還揹著小學書包時的我，最喜歡夏天了。

除了海邊跟游泳池之外，像是祭典跟煙火、ＢＢＱ等，要說夏天是活動最多的季節也不為過。當時的我完全不顧渾身的汗水，成天都跟朋友在外頭跑來跑去。

究竟是從什麼時候開始覺得這樣的季節令人鬱悶呢？

是因為在社團活動進行激烈運動時，練習內容變得加倍痛苦的關係嗎？

還是上下學的時候，覺得貼在肌膚上的制服很令人厭煩的關係嗎？

到了大三的現在，甚至變成只能感受到缺點。

或許這跟全球暖化導致夏季氣溫升高也有關係，但最主要的原因大概還是我自己的精力減少所導致。

最近常在「start」打球，所以體力因此提升，也恢復了一點精力，即使如此我還是很難再次喜歡上夏天。

有鑑於周遭喜歡夏天的人大多有著外向活潑的個性，所以我不喜歡也只是剛好而已。

說到個性外向活潑的人。

例如坐在我身後的那個——

「熱——死啦！」

……看樣子這理論也不一定。

聽到堅決不從電風扇前離開的學妹發出受不了的聲音，我便換了個想法。

轉頭一看，她一頭榛果色的髮絲隨著機器吹出來的風陣陣飄逸。

志乃原大大地張開嘴，承接著從電風扇吹出來的風。

我一邊洗著剛才裝著涼麵的盤子，回她一句：「可以把冷氣調降一度喔。」

志乃原一聽到這句話，立刻衝去拿遙控器，嗶嗶地操作起來。

但我可沒漏聽響了兩次的機械音。

「妳降了兩度吧！給我提高一度！」

「咦——？為什麼！我不要——！」

志乃原當場甩動起手腳反抗。

她躺在沒有揚起任何塵埃的地毯上，並憤憤地抬頭朝我看過來。

到了夏天，志乃原在外頭還是表現得跟平常一樣精力充沛，一旦來到家裡就變得比平常更靜不下來。

在出門玩的回程繞來我家時感覺滿冷靜的，所以現在的志乃原就跟散步前的狗差不多。不是因為喜歡夏天才靜不下來，只是躲不過酷暑才動來動去的暴躁狗。

「既然討厭這麼熱，那妳就不要亂動啊。」

「駁回！錯的是這台冷氣好嗎，都是它吹不涼的錯啦。溫度不能設定在二十八度以下的節約規定，應該只適用於開了確實會涼的冷氣！」

「不行就是不行。」

「吹冷氣的電費我出就是了嘛——！」

「重點不是電費啊。」

如果從七月室內冷氣就開到透心涼的話，到了八月就會因為夏日倦怠而更加難熬。這是一直過著自甘墮落般生活的我所學到的經驗。

我已經決定好，今年絕對不要再陷入夏日倦怠的狀況，所以直到這個月底冷氣溫度都不能低於二十八度。

然而冷氣也真的越來越不涼了，這讓我內心感到相當動搖。

當我在廚房前拿著毛巾擦拭剛洗好的碗盤時，感受到志乃原對我投來懇求般的視線。

「這是今天的冷氣費——」

「啊～真拿妳沒辦法耶。」

「咦，所以現在這是ＯＫ的意思嗎？」

我沉默地關上水龍頭，甩了甩手，把水滴甩乾。

這時志乃原突然從身旁竄出，親手將毛巾遞給我。

「謝啦。」

「嗯，不客氣。那麼學長，我等一下把一百圓電費放在桌上喔！」

……聽她再次這樣強調，我不禁覺得自己好像太沒肚量了。

「跟學妹要電費的男人」這種形容，字面上看來真是糟糕透頂。

我可不想為了一百圓賠上男人的面子，於是清了清嗓子。

「咳咳。真由，妳不用給我電費。溫度隨妳調降吧。」

「為什麼要一副得意洋洋的樣子啊……啊，難道你覺得自己這樣講很帥氣嗎？」

志乃原像是看好戲般勾起嘴角竊笑。

一下就被看穿而感到坐立難安，我粗魯地撲到床上，並設定好鬧鐘。

現在是下午兩點左右。剛好是吃完飯的午睡時間。

當我想把枕頭拉過來的時候，立刻就被志乃原拿走了。

「我要鬧彆扭睡大頭覺，把枕頭還來。」

「對不起嘛，學長。我會對你很好的，請不要睡午覺。」

志乃原在床旁邊把撲克牌攤開，嘴邊也勾起了笑。

「來玩心臟病吧，一決勝負。來嘛，學長！」

「晚安～」

「真的要睡喔——！」

一轉身側睡，從身後馬上傳來了抗議的聲音。

但我知道只要真的想睡，不管怎麼說，她也不會繼續吵我。

我堅定地閉上眼睛，一隻兩隻地開始數羊。

因為昨晚熬夜講電話，我現在真的滿想睡的。

「學長，彩華學姊打電話來了！」

「少騙了。就算妳想把我叫起來——」

「那我就幫你接嘍。」

「等一下等一下！」

我連忙坐起身。

我那支在志乃原手中的手機，還真的顯示出通知來電的畫面。

以防萬一的想法還真是正確。

下床接起電話後，語氣有些雀躍的聲音撼動了鼓膜。

『哈囉～你現在人在哪裡？』

「家裡。」

『好喔，那等一下學校見。』

「這樣接話也太奇怪了吧？喂等等不要掛掉啊！」

要是在這裡被她掛掉電話，這個約定恐怕就會單方面成立了，因此我慌張地喊住她。

彩華一副像是計畫被打亂的感覺，懊悔地小聲「嘖」了一聲。

「要做什麼啦？我今天沒有要去學校耶。」

這也是理所當然。今天是星期六，大多學生都沒有排課。

我才想問彩華為什麼會在學校呢。

不過這個疑問立刻就得到解答了。

『今天「Green」要開會。但在開始之前我剛好沒事，你來陪我一下啊。』

「妳那是什麼女王口吻啊。就因為這樣──」

『嗯嗯，既然沒有拒絕，代表你也剛好沒事吧。』

「確實是不用打工啦。呃，但是……」

我朝旁邊瞥了一眼，只見志乃原正抱著雙臂注視著我。

應該只有精神力強悍到不得了的人，才有辦法在這狀況下答應彩華吧。

『你也可以帶志乃原過來喔。』

「咦！」

我驚呼一聲，這時志乃原一副想插話的樣子，我伸出手掌阻止她。

將通話設定成靜音並逃到陽台之後，我說了一聲「抱歉」。

『沒差。那這次就真的是晚點見嘍。』

「……好啦。我準備一下，應該還要一小時左右，可以嗎？」

『如果你四十分鐘後到，想吃什麼我都請你。』

「妳等著吧我馬上過去！」

說完我掛了電話。

……我還是忍不住做出這樣的回應。

回到屋內之後直接走向盥洗間，拿了一點髮蠟抓了一下沾濕的頭髮。

避免髮型因為流汗而塌下來，我又噴了一點定型液，這時身後傳來「唔嘎！」的聲音。

她的頭髮好像沾到了一點定型液，但志乃原完全不在乎地開口說：

「學長，我也想跟你一起去！」

「比起這個，妳的頭髮還好嗎？剛才有噴到了一點吧？」

「完全沒問題，頭髮側邊沾到一點而已。只要像這樣弄一下……」

志乃原一邊說著，用手指靈活地抓出了髮流。結果用不上幾秒，就變成一個不對稱風格的髮型，增添了適合夏天的涼爽氛圍。

露出來的耳朵上戴著一個小小的耳環，散發出玫瑰金的光輝。

「你看，感覺不錯吧！」

「真厲害啊，不愧是美髮沙龍模特兒。」

「欸嘿嘿～但髮型都是美髮師在弄的，模特兒本身幾乎不用做任何事情就是了。」

說歸說，卻還是轉眼間就做出我平常沒看過的髮型，肯定也是歸功於在美髮店給人做過各式各樣的造型。

想著這也是她的一個強項，我還是暫時先將注意力放在整理自己的頭髮上。

上了大學之後，身邊的人幾乎都會用髮蠟抓頭髮，但不知道是不是我特別不會用，幾乎沒有改變過什麼髮型。

跟沒用髮蠟時相比，頂多只能看得出多了一些凝膠的光澤而已吧。

「這樣就好了吧。」

我在髮型上沒有太大的講究，稍微抓好就將沾在手掌上的髮蠟洗掉了。

「一點也不好。」

志乃原有些傻眼地回了一句，再次將收進去的髮蠟拿出來。

接著在用自來水沾濕的手掌上擠了十圓硬幣大小的髮蠟，重新面向我。

「學長，請你蹲下來。」

「咦～」

「快點快點。」

我不甘願地照做之後，志乃原仔細地將髮蠟抹上我整個頭髮。

「到這邊我也會啊。」

「現在才要開始抓好嗎。還有學長，你的髮質還滿軟的，我不建議你以後繼續用凝膠型的髮蠟。下次改用乳霜型的比較好。」

「奇怪了？志乃原怎麼看起來這麼可靠。」

「我本來就很可靠！」

憤憤地這麼反駁的學妹重振氣勢，開始用指尖把我的髮尾捏捲。

途中說著：「果然弄不太起來。」便直接將定型液噴在手掌上，再次反覆著相同的動作。沒過多久，頭髮看起來不太一樣，變成稍微燙過似的髮型。

「哦哦哦，妳好厲害！」

「如果是用乳霜型的髮蠟，就能抓出更自然的髮型了。剛才這動作很好記，請你別忘了喔！」

「放心吧！我已經忘了。」

「那就重新抓一次，請你去把頭髮洗乾淨。」

「騙妳的騙妳的，記得，我記得了！」

為了逃離滿臉笑咪咪的志乃原，我連忙離開盥洗室。

志乃原大概是在盥洗室照鏡子確認自己的儀容，沒有跟著我出來。時機正好。

當我正準備要換上外出服的時候，志乃原再次從盥洗室喚了我一聲。

「學長～我可以跟你一起去嗎？」

「好啊。如果妳可以在一樓大廳等我一下就沒問題。」

「ＯＫ！好耶～！」

志乃原開開心心地從盥洗室走了出來。

與此同時，我正好要脫下褲子。

「…………你根本是故意的吧？絕對是故意的吧？」

「幫我拿一下放在那邊的褲子。」

「拜託你也稍微動搖一下好嗎！」

褲子氣勢驚人地飛了過來。

即使是在關掉冷氣的屋內，有時也會忘記身處在酷暑之中。

我家的夏天也是熱鬧無比。

◇◆

彩華指定的地方，是矗立於大學校區內一隅的五號館。

這棟校舍的二樓有間便利商店，彩華應該就在那附近吧。

決定溫泉旅行的計畫時，我們也是來到這棟校舍。

頂樓是生協的窗口，很多學生要去旅行時都會來到這邊。如果是在同好會等組織擔任幹部的學生就更常來了。

剛剛彩華跟我約在這棟校舍時，我大概察覺到，她應該是要跟我說些關於「Green」的事情。

『我坐在便利商店附近的沙發上』。

確認了一下彩華剛才傳給我的ＬＩＮＥ，並環視四周。

儘管是星期六，便利商店附近還是坐了很多學生。

由於到處都設有沙發或長椅，因此來到五號館也能輕鬆地休息。

就在前方幾公尺，我看到彩華深深地坐在單人沙發上。

我靠過去用食指戳了一下她的背，彩華抖了一下後抬頭看了過來。

「剛好四十分鐘。動作真快呢。」

「突然把人叫出來，連一句謝謝都沒有嗎？」

「無論你想吃什麼，我都請客當作回禮。」

「非常感謝您！」

立場瞬間調換了，但前方有炸雞串在等著我，所以算不上什麼問題。

我催著彩華去便利商店並進到店內之後，就在櫃檯前的炸物菜單上點了好幾種。

「你不喝咖啡歐蕾嗎？」

「啊，我忘了拿。」

當我連忙要走向飲料櫃的時候，彩華就制止了我。

「這給你拿去付吧。我再重排一次。」

彩華拿給我的是學生用的生協卡。

這是只能在大學校區內才能使用的卡，可以把錢儲值在裡面。

「不，這樣也太不好意思——」

「這是回禮啊，不用這麼客氣。」

這麼說著，彩華將卡片塞進我胸前的口袋裡，離開排隊隊伍。

「總共是四百八十圓～」

店員對我這麼說，猶豫到最後我還是遞出了彩華的生協卡。

總覺得好像在做什麼很不好的壞事一樣，但既然是彩華本人要我這麼做，那就沒問題。

我這麼告訴自己。

於是我提著裝了炸雞串、法蘭克福熱狗以及美式炸熱狗的塑膠袋，先走去兩人座的座位去。

兩張單人座沙發擺在一張圓桌的兩側，側邊則是整面的玻璃牆，可以一覽校園的風景。

這裡的景致說不定比一些店家還更時髦，在這樣的地方吃著便利商店的炸物感覺是有點奇怪，但這或許也能說是大學生活的醍醐味吧。

而且星期六的校內也格外閑靜，待起來比平常更悠哉。不同於在外面的餐廳吃東西，周遭的人都是就讀同一所大學的學生，也放大了這樣的心情。

「找到你了。」

彩華找到了我，提著同樣的塑膠袋走了過來。

袋子裡面放著兩個像是咖啡歐蕾的東西。

「喏，謝謝你過來這一趟。」

「不，真是讓妳破費了。」

「未免太客氣。」

彩華露出苦笑之後將咖啡歐蕾拿給我，隨後坐在正對面的單人沙發上。她的身體陷入沙發時，不禁發出「呼～」這般放鬆下來的聲音。

「妳感覺很累耶。還好嗎？」

「快要考試了，這也沒辦法。」

「已經到了這時間啦……」

我深深地嘆了一口氣，彩華卻露出狐疑的表情。

「你應該記得星期一就有一場考試吧？」

「……咦？」

翻弄著塑膠袋的手頓時停了下來。

考試不是下下星期才開始嗎？我跟之前不一樣，已經開始一點一點在準備考試了，然而有些科目還是沒有熟讀到就算後天直接上場考試也沒問題。

不過，我好像記得有個科目因為教授的關係提前考試——

「…………我想起來了。」

偏偏是被當的機率超過三成的科目。而且也還沒做多少準備。

只要認真準備應該是能拿到學分，但那不是熬夜埋頭去念就能考到好成績的科目。

「……完了。今天乾脆玩一整天吧。」

「等等，你幹嘛馬上放棄啊。你不是每次上課都有抄筆記嗎，應該還來得及吧！」

「但也有很多搞不懂的地方啊。不過我還是會死馬當活馬醫啦。」

大二的時候，總是很晚才開始準備考試，所以在超過十科的考試當中，我會捨棄掉一兩個感覺不太可能拿到學分的科目。

這樣選擇的結果，讓我得以拿到一定程度的學分，目前總共的學分數落在平均以上。

但這學期我每堂課都會去上，所以心情上希望這次考試可以全數合格。

所以說，今天跟明天絕對是要熬夜念書了。

「我有統整了一些重點，要幫你嗎？」

「……不了，我自己努力。雖然我想拿到所有學分就是了。」

「這樣啊。如果要得到歐趴(All Pass)，我建議你念書時有效率一點比較好耶。」

這點彩華說得沒錯。

但我也想試著只靠自己的力量以歐趴為目標。

直到大二，都是多虧有彩華的幫助才撐過來，就算這學期受挫，也不會演變成學分少到對找工作造成阻礙的程度。

當作準備出社會的一環，首先我必須先脫離完全依賴彩華的現況。

——仰賴我，讓你後悔了嗎？

我回想起梅雨季時她說的那句話。

為了不再讓她說出這種話，我得自己振作起來才行。

「至少上學期讓我自己努力看看吧。要是沒了退路再拜託妳了。」

「哦，感覺有點意外。」

彩華勾起嘴角，在咖啡歐蕾的瓶子裡插入吸管。

我也從塑膠袋裡拿出美式炸熱狗，大口咬下。最近我特別喜歡完全不沾番茄醬跟黃芥末的吃法。

「話說回來，你是要吃多少啊？」

彩華看了一眼放在塑膠袋裡的幾樣食物，有些驚訝地這麼說。

「哦，妳也想吃嗎？」

「我想吃一塊炸雞。」

「那妳先吃吧。啊，這個也要嗎？」

我將吃到一半的美式炸熱狗朝她遞了過去。

彩華先是露出猶疑的神情之後，悄聲地說：「……要。」

「喏。」

「咦！」

彩華凝視著我遞過去的美式炸熱狗，臉上浮現困惑的神情。

平常的她會毫不客氣拿起來吃，不知道究竟是在猶豫什麼？

結果彩華先撇開了視線，接著像是下定決心一般張開嘴。

在我做出反應之前，手上的美式炸熱狗就被彩華含進嘴裡。

我先是看了一下被吃掉一大塊的美式炸熱狗，接著眨了眨眼。

「……我不是這個意思。」

「……咦？」

彩華咀嚼著美式炸熱狗，像是以為自己聽錯般反問。

我本來想說：「只是要拿給妳吃而已。」但總覺得會被她罵，於是拚命想換個話題。

然而彩華反問是因為她以為自己聽錯，並不是沒有聽見。
恐怕在她吞下嘴裡咀嚼著的美式炸熱狗時，也完全想通我的意思了。
「竟……竟然陷害我！你是想害我出糗吧！」
「啊？為什麼會這樣想，怎麼可能啊！」
「不然無法解釋你剛才的舉動啊！你絕對是故意的！」
「也、也太沒道理！」
真要說起來，就算有男生憧憬著讓彩華餵食，但希望由自己餵她的比例——說不定還真的滿高的。
不過仔細想想，幾乎沒有男生能做出這種事吧。有鑑於這樣的背景，我剛才可是經歷了一次還滿珍貴的體驗。
「好吃嗎？」
「好吃，謝謝招待……不對，這不是重點。」
「來，要不要再吃一口？」
彩華的上半身越過桌子，雙手緊緊捏住我的雙頰往兩側拉。
「你這張嘴是不會先道歉嗎～！」
「呼嘎啊啊啊！」

硬是被拉開的嘴發出沒出息的聲音。

還好現在嘴裡沒有東西。要是正在咀嚼的話——我差點開始想像那個狀況，不過馬上就放棄了。這可不是在吃東西的時候該想的事。

「哼！」

彩華坐回去之後，我只能揉著被捏到刺痛的臉頰。

她以前還會在勉強不算太痛的時候停手，但最近隨便出手都很痛。

我認為要是再惹她不開心的話會很危險，這次可真的要轉移話題了。

「最近好熱喔～」

「你也太不會岔開話題了吧？……算了，原諒你。」

果斷地看穿我的意圖，彩華疲憊地嘆了一口氣。

「是說，志乃原在哪裡？她沒有跟你一起來喔？」

聽到彩華親口提及志乃原，讓我不禁覺得有些感慨。

——兩星期前，彩華跟志乃原在體育館和解了。

儘管我並不是非常清楚她們談了什麼才得到這個結論，但還是讓我覺得很開心。

回頭想想，自從那場聖誕節聯誼以來，已經過了半年。

這段似長非長、似短非短的時間，解開了她們兩人之間的心結。

如果我這個存在多少有帶來一點正面的影響——壓抑著可能會被認為太過傲慢的想法，我向她答道：

「志乃原在樓下等我。」

「咦，外面天氣這麼熱耶？」

「沒有啦，是在一樓大廳。她現在應該正悠哉地坐在沙發上吧。」

五號館的校舍整棟都有冷氣，可以讓人舒適地待在這裡。

志乃原一來到五號館，好像就被放在沙發區附近的時尚雜誌吸引，說著：「事情辦完之後請再傳ＬＩＮＥ通知我喔！」之後就跑掉了。

此時她應該正在看時尚雜誌吧。

「是喔。那等你吃完，我們趕快去三樓的會議室吧。樹在那邊等我們。」

「ＯＫ……欸，我有點飽了。妳要不要吃法蘭克福熱狗？」

「吃了會胖，我不要。」

「……妳是不是還在記恨剛才那件事？」

「並沒有。」

我們四目相對了幾秒鐘，再次開口的人是我。

「我看有——」

「並沒有。」

那副笑容可掬的表情，暗指不准我再追問下去。

第2話　同好會旅行

大學裡有很多被人稱之會議室的空間。從任誰都能進去的會議室，到需要輸入密碼之類附有保全系統的大會議室等等，相當多樣。

彩華帶著我一步步在通道上前進，最後抵達了一個我沒什麼印象的地方。

這裡的門比我平常利用的會議室還要更加厚重，門把上方更設置了電子鎖，看來應該是要得到校方許可才得以使用的空間吧。

就連以「start」的名義都沒用過這樣的會議室，因此看著彩華動作流暢地輸入密碼，總覺得滿帥氣的。

伴隨「嗶」的一道機械音，解鎖後的大門隨之開啟。

有幾名男女待在大約可以容納二十人的寬闊室內。每個都是我在「Green」的聚會上聊過的人，這讓我放心了不少。

原本還在想如果裡面全是沒見過的人該如何是好，但說不定彩華在這方面也都替我設想到了。

「啊，你們來啦！」

用開朗的聲音迎接我們的，是身為代表的樹。

最近他完全記得我是副代表彩華的朋友，照理來說我如果要進這個同好會，應該在加入之前就會落選了，但樹很自然地歡迎我參加這個由同好會所舉辦的聚會。

我朝著換了一個螺旋燙髮型的樹低頭致意。

「辛苦了。平時多受您的照顧。」

「咦？未免太生硬了吧。是小彩灌輸你什麼事情嗎？」

「她跟我說樹最近心情很差，要我有禮貌一點。」

「我、我才沒說那種話！你不要突然說這種謊好嗎！」

彩華慌慌張張地伸手拍打了我的背部。

樹好像覺得很有趣似的放聲笑了笑，其他同好會成員也都浮現出溫和的表情。

「悠太，還有其他人。今天找各位來不為別的，正是想談談關於同好會的聯合企畫。」

被統稱為「其他人」的男男女女紛紛發出抗議，但應該知道這只是個玩笑，大家臉上都還是面帶笑容。

在我身旁的彩華也輕聲笑著，這讓我明白他們的感情還是這麼好。

「聯合企畫是指跟『start』一起嗎？」

「對對對。我聽小彩說你們今年也要去海邊，所以就在想機會正好。」

——原來是這樣啊。

剛才推測了一下彩華找我出來的理由，看樣子是猜錯了。原本以為她是要約我去參加「Green」的旅行。

如此一來，就這個場合來說，我有點力不從心了。

畢竟別說是同好會代表了，我甚至也不是副代表。我只不過是彩華的朋友，沒什麼資格繼續談下去。

大概是看穿我這樣的想法，身旁的彩華低語了一句：「已經來了。」

這個瞬間，大門「喀咚喀咚」地晃動了一下。

「糟了！」

樹連忙跑到入口那邊，打開自動上鎖的門。

眼前站在門口的，正是我們「start」的代表藤堂。

他今天將瀏海用髮夾固定在頭上，若非有張端正的臉蛋，感覺是個不被允許外出般的髮型。

但只要適合這樣的髮型，就會變成更加引人注目的存在。

聽見幾個同好會的女性成員不禁發出「哇啊」的聲音，我在感到自豪的同時，不知為何也莫名想嘆氣。

藤堂對樹說著：「我忘記問你密碼了。」並且露出爽朗笑容點頭示意，這才進到會議室來。

接著一看到我，他就輕輕高舉起手。

「哦～悠。你為什麼會在這裡啊？」

「我才想問你好嗎。」

這麼回應他之後，樹就跟我說：「是我叫藤堂來的。」

看樣子同好會間的事項不用我自己一個人承擔。我不禁鬆了一口氣。

這種時候有藤堂在，讓我覺得可靠多了。果然還是要有個優質的朋友。

但藤堂立刻就說出背叛我的話。

「這麼說來，之前有說過因為我們副代表今天無法出席，所以找悠代理對吧。」

「咦？該不會我今天被找來是因為這樣嗎？欸，彩華。」

「樹，請開始吧。」

「竟然陷害我！」

樹覺得很逗趣地笑了笑，隨後便拍響了雙手。

「今天把大家找來，是要討論預計在暑假舉辦的，我們跟『start』的共同旅行。首先，我想先將地點確定下來。」

樹揚聲一說，我明確感受到所有人的注意力都投注在他身上。畢竟領導規模這麼大的同好會，在主導一個場合時需要用到多大的音量，他也相當有把握。

跟平常我在彩華及藤堂身上感受到的一樣，領導著一群人的人物身上總是會散發出某種氣場。

一想到出社會之後到處都是這樣的人才，讓我有點失去信心。但在剩下不到兩年的學生生活中，我也想掌握到一點東西。

沒想到我竟然會產生這樣的上進心，就連自己也嚇了一跳。

……真不知道是受到誰的影響。

我也因為與他人的相處而受到正面的影響。這讓我多少理解到，像彩華那樣廣泛認識各個領域的人所帶來的意義。

「我們同好會的成員應該都知道，今年因為行程改變的關係，參加夏季旅行的人難以達到預期的數量。更不用說如果想使用大型團體的優惠，就必須聚集一定的人數才行。」

樹在白板上寫下「海邊旅行２００↓80」。

應該是有八十人確定會參加旅行吧。

我覺得這樣的人數已經非常多了，但從樹的發言看來，這似乎比往年還要少。

通常參加「start」旅行的人數都是三十人左右，儘管樹說參加人數變少，但這人數只能說真不愧是戶外活動同好會。

「所以，我跟籃球同好會『start』的代表藤堂交涉，決定要一起旅行了！」

「咦！」

我不禁發出怪聲驚呼。

藤堂轉頭看著我說道：「總之先聽他說完吧。」

彩華也用手肘戳了戳我的側腹，她投來的眼神看起來也像在說一樣的話。

「哦，謝謝你給出這麼棒的反應。」

樹一點也不在乎話被打斷，輕快地笑了笑。

「我想在這裡的『Green』成員應該都知道，平常我們的旅費會那麼便宜，是因為有使用超過百人的大型團體優惠。然而今年夏天只有八十人。」

還少二十人。

為了補足人數，便找上「start」是吧。

「現在悠太一臉聽懂了的樣子，大概是得出了正確的結論吧。沒錯，我就是在小彩的介紹下，當面拜託藤堂這件事。看他們能不能在形式上跟著我們一起旅行。」

樹對著同好會成員們以及我這麼說。

事先知道這些事情的人，好像就只有彩華跟藤堂而已。不過令人意外的是，在場的人都沒有流露出不滿的神情。

「當然在旅行途中要各自行動也完全沒問題。只是要一起搭乘巴士，並住在同一間飯店裡。以盡量不要安排不同同好會的成員住在同一間房為條件，暫且得到藤堂的同意了。」

我看向藤堂。

要是「start」有成員反對這件事該怎麼辦？

藤堂察覺到我的視線，淺淺一笑。

「當然，只要我們有人反對，這個聯合企畫就破局。樹也有說，我只是『暫且同意』。不過要是接受這個提議，對我們來說也是有好處的。」

「好處？」

仔細想想，如果只是對樹他們那邊有利，藤堂也不會接受這項提議吧。正因為認為這對「start」也有利，藤堂今天才會來到這裡——這樣想才比較符合邏輯。

像是肯定我的想法般，藤堂勾起嘴角。

「如果能使用大型團體優惠，那我們也能省下一晚的住宿費用。」

藤堂的回答令我瞠目結舌。

——這可是省下一大筆開銷。不，但是……

「你能幫我問問大家的意見嗎？由我開口也可以，但如果是由非幹部的你開口，這件事就不具強制力，也比較適合。」

「這個嘛……」

無論如何，既然牽扯到錢大家想必都會開心地答應吧。

即使在旅行巴士跟飯店裡有不認識的人，大家也都是同一所大學的學生，何況也還是跟著「start」的成員一起行動，大家應該不會太介意。就算有可能分到跟「Green」的人同一間房，也頂多是一兩間而已，這樣就能替所有人省下一晚的住宿費用，我想應該不會有人持反對意見。

而且今天，整件事情幾乎定案了。

……應該也無法推翻這項提議了吧。

我換了個想法，勾起嘴角。

「好啊，我去跟大家談談。」

「不愧是悠，這麼乾脆真是幫了大忙。最糟的狀況就算有人必須跟另一個同好會的人同房，那我跟樹一間就行了。就交給你去跟大家談囉。」

藤堂拍了拍我的肩膀，朝樹看了過去。

樹也跟藤堂一樣拜託其他同好會成員，說著：「麻煩各位若無其事地去問問大家的意見，可以的話也盡量誘導一下。」

應該是考量到，比起突然拋出一個這麼大的話題，如果是事前就有聽說的事情，大家也比較容易接受吧。

若是想讓同好會更圓滑地運作起來，比起人望，更重要的說不定正是這樣的細心。

換作是以前帶領「start」的那位代表，肯定只會在LINE上說一句：「總之就是這樣，麻煩大家參加啦！」這樣就結束了。

「如果還是有人反對要怎麼辦？強制執行嗎？」

畢竟會牽扯到住宿費用，當我這麼一問，藤堂只是聳了聳肩。

「才不會強制呢。我不是說了，就當作沒有這項提案啊。」

「你這個代表人真好耶……」

「為什麼要一臉惋惜的樣子啊。悠，只要一牽扯到錢，你的個性就會明顯改變耶。」

「我、我又沒有那個意思！」

聽我這麼抗議，藤堂咯咯笑了起來。

看著我們進行討論的樣子，彩華語氣驚愕地插嘴道：

「這傢伙有沒有給你們添麻煩啊？」

「彩華。這個嘛，他直到不久前都還是一直遲繳同好會的會費。」

藤堂若無其事地這麼說完，彩華便朝我瞪了一眼。

那道魄力甚至讓我不禁向後退了一步。

「我就知道……要是有還沒付清的部分，我現在可以幫他代墊。」

見彩華一副愧疚的神情垂下視線，藤堂連忙搖了搖頭。

「不不不，別擔心，他已經一口氣繳清了！而且我也能明白悠的想法。畢竟有段期間沒有參加同好會的活動，當然會不太想繳嘛。」

聽藤堂這麼說，我也像個紅色小牛（註：日本會津地區的一種傳統玩具）一樣猛點著頭。

看來彩華那一瞪，也讓藤堂轉而採取庇護我的行動。

「你幹嘛躲到藤堂後面去啊？同好會也不是免費運作的耶。以你們的例子來說，不只是租借體育館的費用，還要加上籃球跟急救箱之類的東西……」

「我知道我知道，所以說我已經一口氣繳清了嘛！」

我隔著藤堂如此辯解。

然而彩華還是抓著我的脖子說：「總之你先向藤堂道歉！」逼著我低頭。

「真的很對不起……」

「呃，喔。你在彩華面前真的抬不起頭來耶。」

「這是因為我正低著頭才說的雙關笑話嗎？哦，還不賴耶。」

「想抬起頭還太早了！」

藤堂的臉才剛出現在我視野中，就因為彩華的一句吐槽而再次離開了我的視線。

她站在同為管理同好會立場發出斥責。

當我下定決心再也不會遲繳同好會會費時，就聽見了樹的笑聲。

「啊哈哈，小彩真的對悠太很嚴格耶～」

聽見這句話我抬起頭來，這次彩華沒再阻擋我了。彩華露出跟平常一樣的笑容否定，說著：「才沒有呢～」

在這樣的回答中，我感受不到像以前那樣刻意想圓場的意圖。

彩華以前為了不讓周遭的人察覺到跟我之間的關係，在被人看到像剛才那樣的互動時，都會小心翼翼地打圓場。

升上大三之後，總覺得她對於這方面的事情越來越不那麼在意，今天這個態度又更為顯著。

想必是在梅雨季結束的那一天，彩華在心境上產生變化所帶來的影響吧。一邊維持著一直以來的社交性，並在某種程度上公開自己的交友關係。

既然要在現實中處世，這說不定是最適合彩華的選擇。

過去的我，總是想從彩華身上學習圓滑處世的方法。但我覺得從現在的她身上可以得

知，最重要的在於找出合適的言行舉止，讓自己成為理想中的人。

是否要將這樣的表現視為一種成長因人而異，但我是這麼認為的。

因為正面看待已經發生的事情，才能向前邁進。

「那麼各位，還有什麼疑問嗎？沒有的話今天就要散會了。」

「疑問是嗎？沒有喔～」

有個女生這麼說了之後，其他人也跟著同意。

雖然有個地方讓我覺得有點在意，但總覺得在這個當下難以開口。畢竟這也不是要選在即將散會的時候，特意拿出來講的問題。

結果彩華卻開口說：「樹，有人好像有點疑問喔。」

「妳……！」

我下意識地想阻止她，但彩華毫不介意地說了下去：

「主辦方產生的疑問，應該盡可能當場讓所有人知道。不然也沒辦法抱持著自信向大家說明吧。」

樹也點頭同意這個說法，重新朝我看了過來。

「沒錯。我想『start』的同好會成員應該也會向你們提出一些問題，若是能有自信地回覆，大家也比較放心。」

他說得沒錯。

如果是由態度隨便的人去安排旅行，換作是我也會猶豫要不要付出這一大筆錢。

「那我可以問個問題嗎？有時候團體預約飯店住宿的費用反而會比較高對吧？請問這方面都已經談好了嗎？畢竟就日程來說時間也快到了……」

距離預計出發的日期只剩下幾個星期。雖然沒有撞到中元連假等旺季，但依然是很多人去海邊玩的時期。

如果是像「start」這樣，三十個人各自以十人為單位入住附近的飯店還能夠理解，但若是要所有人都住在同一間飯店——

「喔喔，別擔心。我們姑且算是戶外活動同好會吧。雖然平常都在聚餐啦。」

樹的回應讓其中一個女生輕聲笑了笑。

「有間飯店的老闆是我們同好會的校友，每年都會幫我們很大的忙。今年夏天也已經預約好房間了，只是人數還差了二十人，狀況才會變得比較複雜。」

「原、原來如此。」

他輕輕鬆鬆又乾脆利落地解決了這個問題，我也點了點頭。

既然戶外活動同好會的校友是飯店老闆，會給學弟妹一些通融也合情合理。

當我正想道謝的時候，樹繼續說道：

「而且啊，會找上你們『start』也不是偶然喔。我知道最近在籃球同好會當中，你們的成員人數增加最多，也知道這是自從藤堂成為代表之後才開始的趨勢。」

藤堂搔了搔後腦勺。

樹說得沒錯，這個帥哥的手腕相當了得。在迎新時期有很多高年級學生為了引人注目而把頭髮染成高調的顏色，但藤堂刻意染回黑髮，好讓一年級的新生安心。

就結果來說，儘管參加「start」迎新的人數比往年還要少，但加入同好會的人數卻有所成長。

以打擊率來講，更可說是飛躍般成長。

而且加入同好會的那些一年級學生大多都是個性比較沉穩的人，就目前來說還沒有任何人離開。我真的完全沒有幫上任何忙，但一想到是朋友的成就，也感到很驕傲。

「我每年都會在官網確認學校公布的所有同好會人數。『start』的人數成長最多喔。」

原來彩華也會認真去確認這些細節，令我深感欽佩。

我甚至連同好會的資訊有公開在學校官網上都不知道。

當我這麼想的時候，樹再次開口說：

「雖然我們有時會被外人揶揄是酒肉同好會或約炮同好會什麼的，但無論是住宿的飯店還是居酒屋，只要給我們前往的設施帶來麻煩的那些人，一律都會列入黑名單。畢竟最重要的是建立對方的信任。不過會做出這種事的人個性也有問題就是了。」

樹感覺很無奈地搖了搖頭。

一瞬間，我似乎瞥見他回想起苦澀過往的表情。

「我們也不想跟奇怪的同好會一起出遊。要是給飯店添了麻煩，說不定他們以後就不想讓我們以團體旅行的身份入住了。這也賭上我們這些負責主辦方的面子，不想墮落成那種惹人厭的同好會。」

「……這樣啊。」

彩華的這番話，讓我想到一件事情。

「Green」需要提交志願表並進行審核之類才得以加入，在同好會當中算是少見的類型。

也因為這樣，時不時就會聽見他們審核還要看外表這樣的謠言，但說不定是為了多少篩選掉一些可能會造成麻煩的人。

而且放出審核要看外表這種謠言的人，有可能就是不甘被列為黑名單的前同好會成員。以前可能是真的有外貌審核，但至少現在輪到樹跟彩華這一代，「Green」應該已經沒有這樣的狀況了。

「所以才會找上有你在的同好會呀。因為我知道你們的成員都滿正派的。」

彩華先是看著我，接著又看向藤堂。
確實我平常在跟彩華聊天時，常會提到「start」的事情。
我跟她說過好幾次現在不同於一年級那時，同好會氣氛真的很好。彩華應該是相信我說的話，才會向樹推薦吧。
得知有這樣的來龍去脈，我不禁希望同好會的成員可以同意這個提案。
畢竟還有節省費用這項優勢在，總會有辦法的吧！
「我知道了，謝謝。我會再去跟成員們談談，希望大家都能接受。」
見我豎起拇指，樹也露出潔白的牙齒笑了笑。
「好喔！那就拜託你啦，悠太！」
整個會議室都籠罩在溫暖的笑意之中。
……這更加讓我覺得，彩華加入了一個很好的同好會。
——而且，我也是。
這次應該是我最後一次參加這個同好會的夏季海邊旅行。
而且還有可能是兩個同好會的共同旅行，對我來說更是從來沒有過的經驗。
然而，想到伴隨海風陣陣打上岸的浪花，也確實讓我感到雀躍。
一群大學生衝到大熱天底下的大海中。

這肯定會成為難以忘懷的回憶。接下來就要成為社會人士的我，回想起這段記憶一定會感到懷念不已。

儘管現在還只是籌備階段，我已經快壓抑不住雀躍的心了。

不知道彩華看了我的表情想到什麼，她伸出手指朝我的背部戳了一下。

「在那之前，還有一場考試唷。」

「……唔！剛才一瞬間忘了。」

可以的話我真不願回想起來。

但參加活動就是要在跨越困難之後，才會感到更加快活。

夏季集訓——這個大學生活中的一大活動，為了能從中享受到最大限度的幸福，現在還是專注於準備考試吧。

我在內心這麼發誓，最後聽到樹用懶散的語氣說：

「唉～我還是懶懶散散的好了～」

聽樹這麼說，我差點就要摔倒，而我旁邊的彩華用冷淡的口吻回應：

「樹，你還想再留級一年嗎？確定要留級兩年的瞬間你就會被開除同好會代表的身分，請你認真一點喔。」

「呃，那個～小彩感覺好可怕啊……真希望妳不要把悠太可能都不記得的事實翻出來講耶～」

……這麼說來，樹曾留級過呢。

這段互動讓人不禁察覺出誰才是「Green」真正的老大，我跟藤堂相視而笑。

◇◆

可以抵達一樓大廳的電梯有兩台。

由於是比較新的設備，就算從頂樓搭下來也不到十幾秒。

但我在彩華的提議下，刻意選擇走樓梯。

她或許想多少消耗掉一些剛才吃了炸物的熱量吧。

然而途中我們又繞去便利商店，在走廊晃來晃去的，結果花費了比搭電梯還要多幾十倍的時間。

我提在手上的塑膠袋裡多了巧克力跟餅乾。只要走進便利商店就會想買東西，一個不小心便增加了無謂的消費，這種現象究竟是怎樣啊？

我按捺住想拿個巧克力來吃的心情，對彩華說：

「欸，我差不多要回去一樓了。」

「啊，嗯。」

隔著走廊上整面的玻璃牆，彩華感覺有些浮躁地眺望著前方的景色。

從位於二樓西側的走廊望過去，頂多只能看到松樹而已。難道她是在數松果嗎？

定神一看確實長了很多，但感覺還是從樹下往上看會比較壯觀吧。

既然如此還是到一樓去比較好不是嗎？產生了這個想法的我，對彩華說：

「坦率面對自己的心吧。」

她說不定是想近距離看看那些松樹，但這個想法又讓她感到難為情，所以才會止步停留在這裡。

彩華聽了我基於這樣的想法說出口的話，難得視線一陣游移。

「咦？不，那個……」

這麼講可能太抽象了，於是我繼續說道：

「我也可以幫妳一把啊。」

「不、不用好嗎！你不要顧慮這種奇怪的事！」

看彩華做出猛搖頭的反應，總覺得哪裡不太對勁。

不知道是不是錯覺，彩華的臉頰好像紅了。

「妳為什麼這麼動搖啊？」

「我、我才沒有！」

……一般來講，只是被朋友勸說坦率面對自己，會動搖到這種地步嗎？

儘管內心有股衝動，讓我很想繼續追問轉過頭去的彩華，但又回想起學妹還在一樓等我。

雖然她還沒傳訊息催促我，在這裡待太久也並非明智的選擇吧。

我不再多想關於彩華的事情，轉身就朝著樓梯走過去。

結果她在我身後有些慌亂地喊著，並追了上來。

「等、等一下啊……！」

「我都不知道妳有那麼喜歡松毬果耶。」

還有害怕打雷這一點也是，看來她還有許多我所不知的一面呢。

當我這麼想的時候，背後卻感受到一股殺氣。

在下樓梯的途中產生這樣的感受，真的只能用恐懼來形容。

「彩、彩華同學……？」

我戰戰兢兢地轉頭一看，只見彩華的視線盯著自己的腳邊，渾身微微顫抖著。

看她緊握拳頭的樣子，我應該是不小心踩到她的地雷了。

「我看你是想被我殺掉吧……」

——三十六計走為上策。

「哇啊啊啊啊妳這是『危險預告』觸犯日本刑法第222條脅迫罪——！」

「別想逃！你是在哪裡學到這麼細的法令啊！」

「當然是看電視劇學來的啊，是說妳到底多喜歡松毬果啊，梅雨季結束之後讓妳覺得寂寞了嗎！」

「我才沒有那種興趣好嗎，你這個白痴笨蛋加三級！」

我邊跳下兩個階梯邊對上頭喊道，而彩華對著我丟出了這句有著滿滿時代感的話。

沒想到現在還會說出這句話的人，竟然就近在我的身邊。

我拋開這樣極度無謂的想法，很快就抵達一樓了。

畢竟今天是星期六，幾乎沒有人進出五號館，這似乎助長了彩華釋放出來的怒火。如果有人出現在她的視野中想必就會立刻收斂，然而在走下樓梯的前方連一個人都沒有。

就在我做出這個判斷時，從圓柱的遮蔽處探出一道眼熟的人影。

大廳平常足以讓幾十個學生在這裡來來往往，十分寬闊。

我起步想繞過去。

將一頭榛果色的髮絲弄成不對稱風格的小惡魔學妹，這時突然抬頭朝我看了過來。

接著她看到我，不懷好意地勾起嘴角。

我滿心只有不祥的預感。

「學長——！」

彷彿要妨礙我前進似的，志乃原張開雙手擋在我眼前，跟打籃球時防守敵人一樣。

我趕緊止住腳步，然而要停下來的動作似乎還是太遲了。

完全止住衝勁的反作用力，讓我整個人向前撲了過去。

砰呼。

我的臉似乎陷進了某個地方。

「啊！」

一道豔麗的聲音在耳邊響起。

接著傳來一陣花香。

更重要的是，包覆了整張臉的那種不僅柔軟還帶有彈性的觸感。

……這到底是第幾次基於不可抗力，包覆在學妹的母性光輝之中了啊？

我記得上次用惱羞的態度逃過一劫，但同一招應該已經沒用了。

再這樣下去的話，我的錢包就會因為要支付賠償金而空空如也。

如果硬是抽離身體，感覺好像又會碰到其他不應該碰的地方，我瞬間沉思起有沒有什麼解決辦法。

「學、學長……你真大膽耶。」

偏偏志乃原此時開始摸起了我的頭。

在對此產生某些感想的前一刻，我對抗了自己的欲求，向後仰去。

志乃原的雙眼近在眼鼻之前，映照出我的身影。

「已經夠了嗎？反正沒有其他人在，想再多待一下我也是很歡迎。」

「啊！不，抱歉抱歉抱歉。雖然買不起名牌的東西，但如果是炸物菜單上的品項，想吃什麼都可以買給妳。」

我下意識這樣賠罪，讓志乃原氣得鼓起臉頰。

「那、那是什麼意思嘛！我的胸部竟然只有三位數的價值，也太委屈了吧！好歹也要再更——」

志乃原一邊這麼抗議，眼神朝著後方瞥了過去後，話講到一半就閉上了嘴，勾起了像是滿足般的竊笑。

我正想著這個學妹的表情多變到不可思議，卻又突然回想起此時正站在我身後的人物，那份恐懼便將微不足道的困惑一舉吹散了。

就在剛才，志乃原是不是還說過：「沒有其他人在。」這種話？竟然能夠不把散發出這般怒氣的存在當一回事，志乃原也成長了許多呢。

我畏畏縮縮地回過頭一看，只見彩華氣得抽動著青筋。

我一頭埋進才剛跟她和解的學妹胸部裡，似乎讓彩華的怒氣更是有增無減。

「你、你這個人啊……」

我本來想反駁這都是她追過來所導致的，但說不定會造成反效果。

正當我猶豫該如何是好的時候，志乃原先向彩華搭話了。

臉上掛著的是堪稱和藹可親的笑容。

她們兩個恐怕是兩星期前在體育館面對面以來，第一次出現在同一個地方。

在志乃原克服了投球恐懼症之後，我們稍微聊了一下就原地解散了。

在那之後，這兩個人之間說不定進展成比起國中那時更能聊些深入話題的關係。想到這裡，我也覺得感慨萬千。

「彩華學姊，原來妳在這裡啊～那接下來就當作交棒，讓我把學長領走也沒關係吧？」

「可以不要裝出這種反應嗎？妳早就知道我人在這裡吧。」

「咦～學姊說這是什麼意思啊～」

怪了，怎麼好像沒變耶。不如說火藥味感覺更加濃厚了。

我們一起撐著志乃原的姿勢讓她投球，那時的氣氛是那麼祥和，然而今天在五號館大廳又飄散出緊繃的氛圍了。

……不對，仔細一瞧，從她們兩人的表情中都看不出厭惡的感覺。

尤其志乃原之前可說是毫不掩飾地散發出厭惡感，因此這樣的差距就更為明顯。

要是沒有經歷梅雨季結束的那一天，現在這場對峙的氣氛肯定會變得更加險惡。

畢竟有些關係是只有兩個當事人才會懂，所以這說不定也是一種正確的模式。

我稍微鬆了一口氣，為了安撫兩人而開口：

「好啦好啦，冷靜點冷靜點。」

「你給我閉嘴！」

「就是說啊，前輩憑什麼這樣講！」

「妳們對我也太凶了吧！」

彩華輕輕地冷哼一聲，接著翻弄起我提在手上的塑膠袋，拿出了一包軟糖。

這是彩華剛才買了，放入我袋子裡的東西。

「真由，拿去。這是妳要我買的東西。」

「謝謝學姊。我也看了彩華學姊指定的時尚雜誌，並把值得注目的頁面拍下來了喔。」

志乃原舉起手機顯示出畫面。

湊過去看的彩華滿足地點了點頭，開口說：

「謝謝。妳覺得如何呢？有沒有看到適合搭配秋季潮流的配件？」

「我仔細確認過一輪嘍。我滿喜歡MICHAEL KORS的東西，彩華學姊是喜歡哪個品牌呢？」

「嗯——我對品牌本身沒有什麼特別的要求耶。應該說，喜歡的是在放眼望去的所有東西當中看起來特別耀眼的那個。」

「哦～我懂，實際去看的話，有時會有這種感覺呢。」

「就是說啊，要是有某個特定喜歡的品牌，花費就會變得特別多，所以也算在避免這一點就是了。」

「啊，那妳要不要來做個美髮沙龍模特兒？我那間美髮沙龍的人看到彩華學姊絕對會答應吧。」

「感覺確實滿好賺的，值得考慮一下……但我很喜歡現在常去的那間美髮店。要離開那邊的美髮師們總覺得有點寂寞，我看還是算了。」

「嗯～以這點來說確實是金錢難以取代的嘛……」

……這兩個人也聊得太順了。

剛才一瞬間緊繃的氛圍也緩和下來了，大概只是因為時隔兩星期沒見到面，才覺得有些難為情吧。

證據就在於她們稱呼彼此的方式改變了。

我這麼想著，在一旁聽她們閒聊，但這個狀況實在是持續太久。當我正想插嘴的時候，彩華就忽然換了一個話題。

「這麼說來，我們剛才在樓上討論考試結束之後，『Green』跟『start』想一起辦場共同旅行。」

「咦，真的嗎？還真是突然呢。」

「真由，妳可以婉轉地跟大家提起這件事嗎？如果可以一起去，利用團體優惠就能省下一晚的飯店住宿費喔。」

志乃原伸手抵著下巴沉思，接著向我問道：

「學長，你覺得『start』的人會答應嗎？」

「還記得我人在這裡啊。」

我嘛嘴抱怨，志乃原便勾起嘴角說：「請不要鬧脾氣嘛。」

「囉嗦。不過，我想應該會答應吧。反正主要也只有飯店跟巴士要跟他們一起而已。」

「也是呢。我也覺得完全沒問題，所以我還是拒絕彩華學姊的提議好了。」

當我差點跟著點頭的時候，腦海中跳出一個問號。

「上下文不太對吧？」

彩華費解地微微歪過了頭。

但志乃原接下來的回應也確實讓人可以接受。

「同好會的大家確實都對我很好……但我畢竟才剛加入不久，所以有點不太確定是不是能跟大家好好說明。」

「我想說如果是真由，應該很擅長這種事吧……」

這麼回應的彩華，說著便搖了搖頭。

「不，說得也是呢。妳才剛加入而已，應該還不太想接觸主辦方的事情吧。」

「也、也不是這個意思……」

「不不不，沒關係啦。妳就把剛才那件事忘了吧。總之盡全力樂在其中，就是身為學弟妹的工作嘛。」

……對耶。

仔細想想，今年夏天的旅行對志乃原來說是第一次參加的活動。

彩華也是察覺到這點，才會坦率地退讓吧。

要是去跟同好會成員遊說這件事，無論如何腦中都會產生身為主辦方的思考模式。

像是跟客運公司和飯店的聯繫之類，還有確認人數跟旅行分組的事。甚至還要準備娛樂活動，以及吃飯時如何分桌等等。

這些事情確實也有著只有接觸主辦工作才能享受到的樂趣，但還是不要想這麼複雜的事情，坦率地玩樂一番。

我想彩華所說的話，也包含了這樣的意思吧。

「妳真是主辦方的表率耶。」

我這麼一說，志乃原也有些忸怩地動了動身體。

「謝……謝謝學姊。」

聽到志乃原道謝，彩華不禁眨了眨眼。

「不、不客氣。不如說，我才該道歉，剛才沒有想太多就跟妳說了這件事。」

「沒、沒關係沒關係。而且聽學姊這樣說，我也突然開始期待這趟旅行了。」

看她感覺有些惶恐的態度，讓我不禁微微一笑。

她們國中互動時，說不定就是這種感覺呢。

雖然至今，我只看過她們之間氣氛險惡的狀況——但這想必會成為只存在於過去的日常光景。

而且我跟志乃原，還有我跟彩華之間，存在著同樣的日常。

梅雨季那時擔憂的事態全都好轉了。

我確實保住了我們各自之間的這份關係。

這讓我再次細細品味這樣的日常回歸到自己生活中的喜悅。

「那我看還是只能靠你啦。」

彩華輕拍了一下我的肩膀，淺淺笑著這麼說。

「結果還是變成這樣了啊？」

「當然啊。樹跟藤堂也都有拜託你吧。你也順便加入主辦方嘛，雖然整件事情都已經談到一個階段了。」

「主辦方啊……」

「還滿有趣的喔。」

彩華這麼回答的時候，志乃原輕輕拉了拉我的袖子問道：

「學長，藤堂學長還在樓上嗎？」

「嗯，既然他還沒下來大廳，我想應該還在樓上喔。應該是去生協那邊確認旅費的事吧？」

「收到！我還沒繳同好會的會費，所以先去找他一下喔！」

才這麼說著，志乃原就跑上樓梯了。

志乃原這個人一想到某件事便立刻採取行動，看著她的背影總是讓我不禁莞爾。

「那主辦的事就拜託你嘍。」

眺望著志乃原跑遠的背影，彩華輕聲地說。

「如果有什麼獎勵我也能更加努力～」

我用雙手托著後腦勺，面向天花板這麼抱怨。

能夠省下旅費確實也是一種獎勵，但還是希望能再得到一點什麼東西。

看能不能從藤堂身上得到一點賄賂啊。

如果可以給我一張「同好會代表請吃飯券」之類的就太棒了。

「有獎勵啊。」

「咦？是什麼啊？」

「我穿比基尼的樣子。你從來沒看過吧？」

……聽她這麼說，確實如此。

高中時有看過好幾次她穿連身泳裝的樣子，但那幾乎可以說是完全不同的東西吧。

會露出大片肌膚的比基尼。

腦海中差點就要開始想像，我趕緊拋開那種念頭。想也知道到時候會被狠狠揶揄一番。

「那種東西……又不能當作是什麼獎勵。」

我盡可能地回話，彩華卻發出輕盈的竊笑聲。

「哎呀，是喔。」

聽她的語氣就知道全被看穿了，這讓我不禁嘆了一口氣。

無論相處多久，我可能真的都敵不過彩華。

然而我多少還是想報上一箭之仇，硬是開口說：

「我其實超期待的。超——期待！」

說完我才發現。

自己這樣幼稚的發言別說報上一箭之仇，只會得到更強烈的反擊而已。

這樣不過是主動暴露出自己的弱點罷了。

但是，沒想到彩華露出一副害怕的樣子。

當我感到意外的時候，彩華最後還是撇開了頭。

「——那、那你就好好努力吧。」

……總覺得彩華今天有點奇怪。

儘管這樣困惑的想法湧上心頭，還是立刻轉換成期待感了。

吹拂著海風的海水浴場。

為了好好享受同好會的旅行，首先得努力準備考試才行。

唯獨現在，就連像要將人蒸熟的熱氣，似乎都能張開雙手歡迎了。

第3話　潛入女子大學

對我來說這世上最為殘酷的聲音，毫不留情地響徹整間教室。

也就是示意考試結束的鐘聲。

在不同學生聽來可能是得以從考試中解放的福音，但對於像我這種熬夜念書到最後很有可能還是會慘敗的學生來說，就跟宣示迎來終焉的聲音一樣。

被當二字在我腦海中跳來跳去，我只能猛力搖頭硬是將它們驅逐出去。

只要做好念書計畫，確實有足夠的時間準備考試。我好歹也有認真上課，還是有不小的機會可以拿到這個學分，但還是留下了滿心的懊悔。

當我絕望地仰望天花板時，有人從旁向我搭話。

「悠太，你一臉氣餒耶。要被當了嗎，哇哈哈。」

「…………小心我殺……」

「等等，那可不是能對女生說的話。」

阻止我把話說完的是那月。儘管到了夏天，她卻開始將鮑伯頭留長。

新月形的耳環今天也搖來晃去的，男生的視線八成都會被吸引過去吧。

「色鬼，你在看哪裡啊。」

「看妳的耳環啦，沒有任何色鬼的要素好嗎。」

「咦～悠太的回應感覺比平常隨便耶……」

她瞇起了圓眼鏡後方的雙眼。

從這樣的態度看來，那月應該是考得不錯吧。這反而更讓人火大。

「有拿到學分的人今天不能跟我講話。我們不是夥伴。」

「怎麼這樣講～我本來要跟你轉達禮奈捎來的通知。不過好吧，我就回她悠太不去嘍。」

順便補上一句你一點也不在乎『約好的事』。」

「等等。她說什麼？」

一聽到「約好的事」這個關鍵字，我的上半身總算離開了椅背。

那月露出竊笑，輕拍了我的肩膀。

「有求於人的時候該說什麼呢？」

「……拜託妳惹。」

照理來說應該會再被吐槽一次，但那月似乎也沒有壞心到那種程度。

一邊說著：「真拿你沒辦法耶。」一邊從口袋裡拿出手機。

「我看看喔。她說『妳能不能若無其事地幫我問問悠太大概幾點會來？』……呃。」

「……妳知道什麼叫若無其事嗎？」

「……反正我也是悠太的朋友嘛。這就是所謂的公平競爭。」

那月這麼說著，交叉抱起了雙臂。

禮奈應該作夢也沒想過會被她以這樣的方式背叛吧。

雖然不經意得知了禮奈傳的訊息內容，但我確實有跟她約好。

儘管這整整兩天我的腦容量全都耗在準備考試上，也沒有忘記跟她之間的約定。

今天是要去禮奈就讀的女子大學玩的日子。

梅雨季那時她就約我去女子大學玩了，但上週才將日期定在今天。

我們沒有約定明確的時間，不過從她聯絡了那月來看，還是盡早過去比較好。

我垂眼看了一下手錶，現在才剛過十二點而已。

第五節還有一堂課要上，不過今天還是以約好的事情為優先吧。早點解散之後再回來上課就好了。

我站起身，跟那月說：「妳跟她說我們現在就過去。」

「咦～你自己跟她講啊。」

「那她不就知道是妳直接跑來問我了。」

「……真、真拿你沒辦法耶。」

那月今天感覺有點少根筋，大概是因為考試剛結束的關係吧。

我看著那月動作俐落地在手機上打字，產生了這樣的感想。

「這麼說來，你有跟小彩說過禮奈也會去參加旅行的事情嗎？」

「不，還沒。我準備今天跟她講。」

如果那兩人之間的心結沒有解開，她說不定會拒絕禮奈參加。

所以在會議室聽到可能會是共同旅行的形式時，我才思考了一下能不能推翻這個決定。

但還是只能死心了。畢竟禮奈並不隸屬於任何一個同好會。這樣的理由薄弱到無法說服其他人。

儘管難度有點高，我還是得拜託彩華看看。

「我怎麼了嗎？」

就在這麼巧的時間點，這時有人從身後向我們搭話。

我光聽聲音就知道是彩華，便緩緩地轉頭看過去。

問這件事要謹慎一點。

她們是因為我才會產生心結。必須謹慎一點——

然而在我開口之前，那月先對彩華說了剛才那件事。

「小彩，關於共同旅行那件事啊，禮奈原本就要參加『start』旅行，所以她也會來，在分配房間的時候能不能通融一下呢？」

彩華眨了眨眼。但她很快就點頭答應了。

「完全沒問題啊。我有聽藤堂說過也會有非『start』成員的人參加，所以當時就提過關於分配房間的事情了。」

「真不愧是彩華，超有效率！」

那月在彩華看不到的視線死角對我比了一個V字手勢。

看來她是在幫我一把。

「就算妳這樣稱讚我也得不到什麼喔。」

彩華輕聲笑了笑，轉身面對我。

「為了不讓禮奈覺得被孤立，你可要好好照顧人家喔。應該是你約她的吧？」

「我……我知道啦。不過她本人好像想跟那月一起行動。」

聽我這麼說，那月露出感覺很愧疚的表情。

「小彩，其實我還想再約一個人。但我們禁止同好會以外的成員參加對吧？」

「嗯，基本上是這樣。不過這次是跟『start』一起舉辦，要是拜託這傢伙搞不好能想點辦法。」

那月雙手合十面向我。

「拜託你了，悠太！我想約我跟禮奈的同學一起參加，能不能用你那邊的邀請名額把她追加進旅行名單裡呢？」

「咦？呃，但就藤堂的角度來看，那個人就會是同好會成員的朋友的朋友了吧。說不過去啦……」

「這也是為了禮奈……如果有兩個高中同學同行，她絕對會玩得很盡興……」

那月這樣講讓我深深嘆了一口氣。說到這個份上我也很難直接拒絕。

但想再追加一個原本沒有要參加的人，不是我可以獨斷決定的問題。

「好吧，那就暫定追加一個人嘍。名額應該是勉強還夠，所以沒問題，不過希望能在這星期之前確定下來並通知我一聲。」

沒想到彩華很乾脆就答應了。

還真果斷啊。即使人數可以追加，但這應該會讓人遲疑能不能當場決定才對。

以防萬一，我湊到彩華耳邊小聲地說：

「真的沒問題嗎？如果太勉強的話——」

「沒、沒問題啦。何況我也對那個人有所虧欠……哇啊！」

彩華像是彈開一般離開我身邊，輕咳了一聲。

就像在閃避我一樣，總覺得有點受傷。

「那月，這次我會幫妳處理。但不好意思處理方式會有點迂迴，我先將那個人的個人資料傳給藤堂喔。這姑且算是條件。」

「那我先跟藤堂說這件事。」

「麻煩你了，要是用我們同好會的名義，就沒辦法以身作則了。」

「小彩，謝謝妳～！」

看著那月行了一個禮，彩華也笑了笑，接著便轉身面對我。

「欸，你考得怎麼樣？」

「大概沒希望了。」

聽了我的回答，彩華露出苦笑。

「只熬夜拚了一個晚上還是很困難啊。」

「我勉強拚了兩個晚上就是了。但應該有百分之十五會寫。」

「啊哈哈，總之祝你拿到學分嘍。是說加上那月，我們三人要不要一起吃個飯？」

彩華的提議讓那月露出傷腦筋的表情。

她一定是在猶豫要不要直接說明我沒辦法去的理由。

「抱歉，我等一下有約。」

「啊，是喔。真難得耶。」
「不要說得好像我很閒一樣。」
「不就是嗎？」
「不是好嗎！」
我朝另一邊轉過身，徑直向前走去。
只要說我有約，彩華也不會再追問下去。她的個性就是這樣。
「等一下嘛。」
「噗呃！」
脖子被抓住之後，我不禁發出壓迫到喉嚨的聲音。
衣領都卡到脖子了。
我閃開了上半身，結果身體一個重心不穩，後腦勺就——
「真危險啊。」
只有頭被雙手猛力抓住，她順著我的姿勢將我推了回去。
「沒胸可躺了。」那月小聲地說著這種莫名其妙的話。
我回頭一看，只見彩華若無其事地說：
「我的胸部才沒有那麼隨便。」

「……說是這麼說——」

「嗯？」

「不好意思。當我沒說話。」

我正想說梅雨季那時不都大方露出乳溝，卻被搶先一步察覺，並擋了下來。但當時的狀況跟現在完全不一樣就是了。

現在比起那種事情，我還有其他更想問的。

「為什麼要阻止我啊？」

「你、你就這麼想摸嗎？要拿我跟真由的比？還是跟禮奈的比？」

儘管臉頰通紅，彩華還是朝我投來蔑視的眼神，這讓我連忙否定。

「不、不是好嗎！我是問妳為什麼在我準備要走的時候拉住我啦！」

「啊，是這個意思喔。」

「廢話……」

我一邊搓著自己的脖子一邊這麼說。

那月感到有些不安地看了過來，彩華本人卻堂而皇之地抱起雙臂。

「我想跟你聊聊關於那場旅行的計畫。你跟人約幾點啊？」

「我已經遲到了。」

儘管我們並沒有約好明確的時間，但這樣講比較能夠順利脫身。

聽到我的回應，彩華感到意外地眨了眨眼。

「那──那你可得快點去才行呢……路上小心。」

「……怎麼了嗎？」

「沒事啦！」

「真搞不懂妳的情緒起伏耶！」

我被彩華從背後推著，強制離開了教室。

回頭一看，彩華宣示道：「我跟那月一起吃！」

只見那月感到困惑地回答：「都、都不問我有沒有空嗎……？」之後，彩華便焦急地趕緊圓場。

看著這樣的光景，我在心中對那月合掌之後，便離開了教室。這個合掌的動作，也包含了深深感謝彩華的包容心。

◇◆

走了一小段傾斜的緩坡之後，總算可以看到目的地了。

禮奈就讀的女子大學，往旁邊走去有一片高級住宅區。由米白色跟橘色的磚瓦蓋成的外牆散發出獨特的氛圍。

一走到正門，還沒進到校內已不禁感到有些卻步。

畢竟在學校裡來來往往的所有學生都是女生。

這讓我覺得，現在又不是舉辦校慶的時期，真的可以進去這個地方嗎？

「悠太。」

聽見一道熟悉的聲音，我看了過去，只見禮奈飄逸著一頭暗灰色髮絲，朝我走了過來。

她穿著白色內襯搭配淡紫色套裝，戴上一條銀色項鍊。

儘管是在我們學校裡相當罕見的穿搭，在這裡看起來卻一點也不突兀。當我不禁欽佩真不愧是女子大學時，禮奈便朝我湊了過來。

那雙存在感強烈的眼眸向上凝視，在極近距離下看著我的表情。

兼具學生的光鮮亮麗以及社會人士的沉穩，她這樣的外表讓我不禁感到為之心動。

為了掩飾這樣的心境，我緩緩撇開了視線。

結果發現禮奈淺淺笑了。

「呵呵。我覺得悠太應該會喜歡這套衣服。」

「妳……妳是配合我的喜好穿的嗎？」

「嗯。是配合今天的約定唷，我想讓你心動一下。」

「這……這樣啊。」

這話實在說得太過直接而讓我亂了陣腳，這時禮奈朝我的身體靠了過來。她的頭輕輕抵上我的鎖骨。

「欸，我們現在要去哪裡呢？」

「太、太近了啦。」

顧慮其他人的目光，我稍微離開禮奈後，她微微勾起了嘴角。

「如果旁邊沒有其他人在會怎樣呢？」

「實際上就是有人在，就算這樣假設也沒意義吧。」

我斷然地這麼說，禮奈便笑著回上一句：「說得也是。」

「那我們走吧。」

「咦，就這樣直接走進去？我不會被警衛射殺嗎？」

「悠太，這裡是日本喔。」

禮奈牽著我的手，把我帶進了女子大學。

正門旁邊緊鄰著一座以彩繪玻璃點綴的小禮拜堂，讓我再次體認到這裡是個對男生來說很難習慣的地方。

為了不跟警衛對上眼，我朝著小禮拜堂的方向看去，但這樣好像反倒會招人懷疑，對此我後悔不已……在撇開視線的前一刻，警衛好像做出猶豫要不要叫住我的動作，不知道是不是我的錯覺。

但沒想到即使踏入了學校，也完全感受不到被其他人當可疑人士看待的視線。

偶爾有擦身而過的女大學生們朝我跟禮奈看了一眼，不過馬上就回到自己的世界了。

說不定有男生出現在學校裡，不像我擔憂的那樣如此罕見。

有禮奈走在我身邊，應該也是一大主因吧。

漸漸恢復冷靜之後，我也明確掌握到自己的現狀了。

現在的我被禮奈拉著手走在校內。

感覺就像被帶來散步的狗一樣——平常我應該會產生這樣的想法，此時閃過腦海中的卻是過往的情景。

還在交往的時候，我們很常牽著彼此的手。

一起並肩走在路上時，即使彼此都沒有開口，只要有一方的手指纏了上來自然就會十指交扣。剛交往沒多久的時候，只要牽手都會讓我感到心跳加速。

……在這個狀況下，不回想起當時的事情才比較奇怪。

然而，現在沒有人走在我的身旁。

走在幾十公分前方的禮奈，只不過是為了替我帶路才會拉著我的手。

無意間覺得手背好像越加發燙的樣子，我便開口說：

「禮奈，謝謝。我可以自己走。」

「是喔。」

禮奈立刻就鬆手了。

那股熱意也隨之散去，讓我明白剛才的熱度是來自她發燙的掌心。

我猶豫著到底要不要提及這件事情，最後還是把話吞了回去，開啟其他話題。

「這樣看來……跟我們學校也有滿多相似的地方呢。」

還在交往的時候，禮奈時不時就會說：「你也來我們學校玩嘛。」所以我以為會有在校慶的時候沒能參觀到的景點。

校內也不是到處都有像小禮拜堂那樣的設施，來來往往的學生都是女生這個狀況，也是只要習慣了就不會覺得有多奇特。

話雖如此，對男生來說這裡依然不是讓人感到自在的環境，因此我想盡快去一個人煙稀少的地方。

如果禮奈前進的方向是類似餐廳那種人氣景點可就傷腦筋了。

正當我這麼想的時候，禮奈露出一抹微笑。

「悠太，到了校舍，你一定會覺得完全不一樣喔。尤其是廁所，真的超氣派。」

「我要是進去就算犯罪了吧……」

「廁所裡甚至還有水晶吊燈喔。還是我去拍照給你看？」

「不、不用啦！」

不知道該不該說是天然呆，禮奈偶爾會展現出這樣的一面。

不過禮奈現在大概是在鬧我，只見她的表情柔和了許多。

我不服氣地噘起嘴，再次環顧四周。

「話說回來……真的來了之後，反而不知道該做什麼才好呢。」

「我就知道……所以，我可以帶你去幾個地方看看嗎？我希望你能了解我平常都待在怎樣的地方，原本就有打算向你介紹。」

禮奈的個性會事先像這樣詢問我的意見。

我不會指名道姓，但換作是某個學妹或某個摯友，就算不顧我的想法把我帶著到處跑，也一點都不奇怪。

「禮奈平常會去的地方嗎？這麼說來我真的都不知道耶。」

「對吧。實際上你也幾乎沒有機會來到這裡，應該有很多你不曉得的部分喔。」

「也是呢。」

無論彼此之間的感情再好，想完全摸透一個人是根本不可能的。這個道理對情侶來說也是如此。

更何況我們本來就處於不同的生活圈中，這一點就更加顯著了。

填補起當時我所不知道的事情——現在說不定就是這樣的一段時間。

「悠太有對哪個地方特別在意的嗎？」

禮奈直直注視著我並這麼問道。

沒辦法立刻想好備選答案，我看了一圈猶如全新落成般整潔的校舍。

校慶時到處都是華麗裝飾的校地。

換作平時，也散發出我們大學所沒有的氛圍。

……禮奈每天都生活在跟我截然不同的環境裡啊。

我再次體認到這個理所當然的事實。

在女子大學這個不同的環境下，也存在著稀鬆平常的生活。無論是我還是禮奈，都擁有各自不同的日常。

有個能像這樣分享一部分日常的對象，想必是一件幸福的事情。

所謂前男女朋友以外的嶄新道路，或許就是指像這樣的關係。

環視校舍的視線重新回到禮奈身上，又剛好跟她對上了眼。

在陽光反射下的那雙眼睛，醞釀出奇幻般的氛圍。

……禮奈常常待著的地方是吧。

除了校舍之外，我想到了一個地方。

「像是弓道場之類。」

「悠太，你對弓道有興趣啊？」

「算是吧。畢竟我只打過球類運動，對於完全沒有接觸過的競技反而感興趣。」

這是我從以前就有的想法。

弓道這項競技聽來熟悉，但其實我沒有現場看過。

之前只有在電視或網路上看過，這讓我多多少少產生想親眼看看的念頭。

尤其是禮奈練習弓道時的身影，我更是想看──過去的我認真這麼想過。

但實際上我沒辦法進去弓道場，要也只能在外頭眺望。

「那就走吧。雖然這樣就得先離開校園了。」

禮奈露出柔和的微笑，接著轉過身去。

暗灰色的髮絲隨之飄逸，散發出芬芳香氣。

「沒想到一下子就要離開校園了。」

從人煙罕至的後門走出去時，禮奈語氣開朗地這麼說。

「哈哈，這倒是。」

「呵呵。」

我們在兩人難以並肩同行的狹窄步道上前進。

磚瓦高牆上四處都有枝葉俯瞰般垂下來，替我們遮去了燦爛耀眼的陽光。

比起在校內，果然還是在外頭散步比較自在。

「禮奈，妳很擅長弓道嗎？」

我無意間提出這個問題，禮奈便「姆唔」地沉吟了一下。

看她這樣的反應，我連忙補上一句：

「如果我之前有問過就抱歉了。」

「不，我應該沒有說過……說真的，我的實力只是普普通通吧。如果表現很好，應該就會去念有弓道社的學校了。」

禮奈停下腳步，做出拉弓的動作。

我以為姿勢跟射箭差不多，但像這樣親眼一看，還是有點微妙的差異。

「弓道感覺很難射中標靶耶。」

「嗯，在習慣之前真的很難。而且弓還重達七公斤以上……就算習慣了，也很難在那種緊繃的氣氛中做到跟平常練習一樣的射擊，所以還滿需要膽識的。」

七公斤的重量以女生的肌力來說有點辛苦吧。連我這個男生，光是舉個幾分鐘應該就會感到累了。

我記得以前禮奈曾稍微跟我解釋過，弓道跟射箭是似是而非的兩種競技。

射箭是根據箭射中標靶的區域賺取比分的競技，但弓道只有射中跟沒射中兩個結果而已。以前禮奈也用開心的語氣說過：「這也是深奧之處呢。」

武術競技的項目當中，我對弓道最感興趣，如果有機會也想學看看。曾幾何時，我心中有過這樣的想法。

「要是在大賽前陷入低潮期，真的會很揪心呢。不禁想像大家接連射中標靶，卻只有自己一直射偏的情景……以前我超怕比團體賽。」

禮奈瞇起了雙眼，像是在懷念過去一般。

個人競技的團體賽。我聽說這需要跟球類運動不同的團隊合作。禮奈穿上弓道服站在場內的身影感覺很端莊。

她如果是就讀男女合校的學校，感覺不用多久就會有男生爭先恐後地靠近，我們認識的時候她很有可能早就有男朋友了……對禮奈來說——

「悠太？」

禮奈微微歪過了頭。

「……沒事。是說，弓道的同好會很罕見呢。校園裡有弓道場嗎？」

聽我這麼問，禮奈先沉默了一陣子，之後才露出微笑。

「有啊，我們用的是以前有人使用過的弓道場。弓道社好像在很久之前就廢社的樣子。如果可以，你要進去弓道場看看嗎？」

「真的嗎？我連弓都沒有碰過耶。」

「我也不知道能不能體驗看看就是了。畢竟也沒有事先確認過。」

「那應該不行吧。」

我不禁苦笑。在我的印象中，弓道場是個很注重禮節的地方。一般來說那樣的地方都會避免讓局外人進入吧。

雖然禮奈隨口邀請我，但這有可能拉低周遭的人對她的評價。考慮到禮奈的面子，我想還是不要接受比較好。

「我在外頭參觀就夠了。」

「這樣啊。既然悠太沒這個意願，我硬是要介紹也沒意義呢。」

禮奈這麼說著並聳了聳肩。

「而且今天的目的也不是做校園介紹嘛。」

……她的意思是，今天的目的終究只是要讓我了解她的日常生活嗎？

儘管我這麼想，禮奈還是一步步朝著弓道場走去。

◇◆

跟禮奈會合之後，大概過了一小時左右。

走在平常的校園內，能清楚看出跟我就讀的大學之間細微的差異。

建築物散發出的氛圍截然不同。

從可以如實感受到建築物的設立理念這點看來，這所大學在創校時說不定聘請了知名設計師來進行設計。

設立在校園各處的名人銅像以及不明所以的裝置藝術，全都是會觸碰現代小孩心弦的設計。而且放眼望去，鋪滿整片校園的西式石板路感覺很優雅，也使那些裝置品更添莊嚴。

校舍外觀看起來多是東西融合的風格，給我的感覺很像之前跟彩華一起去的溫泉旅館，只是將規模放大了好幾倍。

穿越後門後直接進入校園正中間，一路走到正門的這段徒步路線，我還是多少感到有些緊張，不過禮奈本人倒是開心地跟我閒聊。

雖然如此一來，比起參觀校園，好像跟禮奈聊天才是主要活動的感覺，但在講話的時候也能拋開那種緊張感，確實滿開心的。這讓我一度想著乾脆到學校外面的咖啡廳聊天，不過這就失去來到這邊的意義了。

之後來到可以看見不同於剛才的門，而且也比較大的後門附近，剛才一路走來的主幹道自此像是枝葉般分出好幾條小徑，直直延伸而去。

每一條路都是通往不同地方，各個地方都設有指標。

禮奈走向其中一條，我也跟了上去。

這條小徑的兩側都種了滿滿綠葉的樹木，也讓我的心情舒緩了一些。

「到了春天，這裡會有很多櫻花凋落下來喔。」

禮奈無意間開口這麼說。

「我覺得換成『很多櫻花盛開』這個說法比較漂亮喔。」

「呵呵，這倒是。」

一般來說比起凋落的花瓣，都會比較喜歡綻放的花。

總覺得禮奈這個說法有點奇怪，我不禁思索了一下。

那時彩華跟禮奈見面的地點，會不會就是在這附近呢？

路旁的小道上設有連在一起的兩張長椅，感覺正適合坐下來交談。

「你在看哪裡呢？」

「嗯，沒有啦……我只是覺得那個長椅坐起來好像很舒服。」

紅褐色的長椅上頭沒有坐人，禮奈感覺有些猶豫地沉默了一下。

「……也是呢。要不要坐著休息一下？」

「不，沒關係啦。而且怎麼會是男生先喊累啊。」

我笑了笑，走過那張長椅。

側眼一看就能知道禮奈一時停下了腳步，但最後我們還是繼續走了下去。正當我想問她要走去哪裡時，禮奈剛好轉頭看向我。

「來到不熟悉的地方，不會覺得累嗎？」

「呃……是沒錯啦。」

有時還是會感受到周遭投來的視線，說不定這讓我在精神上更加感到疲憊。

即使如此，也不至於散步到一半就要在這裡休息的程度。

在氣溫大約三十度左右的狀況下，就算坐在長椅上感覺也只會更累而已。

可以的話我比較想離開女子大學，或是在有冷氣的室內休息。但理所當然，我應該是禁止進入校舍才對，這讓我不禁苦惱該如何是好。

仔細想想，最讓我感到放鬆的時刻是到校園外的弓道場那時。

禮奈無視我這樣的想法，向我問道：

「如何？久違地來我們學校有什麼感想？」

「很開心啊。感覺很華麗，這種跟我無緣的氛圍讓我覺得很新鮮。」

不過也因為這樣讓我覺得更加靜不下來，但考量到禮奈的心情，我還是這麼回答了。

要不是有禮奈的邀請，我平時絕對沒辦法踏入女子大學。要是再過個幾年自己一個人進來的話，肯定會被警衛關照。

這肯定是一次寶貴的經驗。

「欸，那你實際上是怎麼想的？」

「咦？」

「就是……不知道你真正的感想是怎樣？」

禮奈微微歪過頭，勾起了嘴角。

我一再思索她重複訴說的這句話，但我知道禮奈期望聽到的，一定是我的真心話，便嘆了一口氣。

「嗯……說真的……對於像我這樣的男生來說，還是會覺得不自在吧。有點啦。」

聽到我坦率的感想，禮奈淡淡一笑。

「啊哈哈，那就是不行嘛。果然會這樣想啊～你之前說過如果不是在校慶的時候來感覺有點困難的原因，我現在應該能理解了。」

「即使如此，也像我剛才說的，真的覺得很開心。所以正負抵銷了。不如說還有加分。」

禮奈小聲地答著：「謝謝。」最後還是露出一抹苦笑。

「……悠太，你在跟我交往的時候，約會行程總是由你決定嘛。那想必是一件很困難的事情吧。」

面對這個突然的問題，我回了一句：「沒這回事。」

禮奈卻搖了搖頭。

「我一直很希望悠太可以來我們學校看看。但是，我從來沒有特別思考過……悠太來了能不能玩得開心。應該說我自認有思考過，不過全都想得太樂觀了。」

這樣的經驗我也反覆經歷過好幾次，因此可以理解這樣的心情。

在我第一次計畫約會行程的時候，也完全沒有考量到禮奈的喜好。

能夠漸漸習慣也是多虧有彩華的建議，以及累積起來的經驗。

而且直到我習慣之前都沒有為此感到挫折，是因為禮奈對於我拙劣的行程一句抱怨也沒有，還總是玩得很開心的關係。

實際上比起主導事情，我覺得由他人來主導比較自在。

然而當時的我無論如何都想顧及面子，沒能將這樣的價值觀說出口。

所以就某種方面來說，或許是想在禮奈面前裝酷。

「其實我想回顧一下當時的心情。在我內心的某處，總覺得由別人主導是理所當然……但完全不是這麼回事。這真的很困難呢。」

「能聽妳這麼說，那時候的我也算是得到回報了。」

我勾起嘴角笑了。

內心那個當時的我感到開心不已。我有這種感覺。

「就因為這樣嗎？」

「對啊。男生在這種地方可是很單純的。」

就算是花了很多時間構思出約會行程，只要得到一句道謝就滿足了。如果身為男朋友，更是只要看到女朋友玩得開心的表情就能心滿意足。

說到頭來，男朋友這種生物在計劃約會行程時，希望女朋友會喜歡的心情是必備動力。

如果只是想顧及面子，計劃最初的兩、三次約會大概就是極限了吧。

實際上以前在我們交往時，最大原動力就是禮奈感到開心的一抹微笑。

儘管剛開始一直失敗，多虧禮奈對我投以溫柔的笑容，即使還不是十分熟練，也算是知道如何計劃約會行程了。

「謝謝你總是主導每一場約會……雖然現在才說也太遲了，但總算說出口。」

「……嗯。」

如果現在禮奈的這句話可以傳達給過去的自己，我們是不是會有不一樣的未來呢？

我們是不是就不會錯過彼此了呢？

每當我們獨處交談時，這種想法總是會在腦海中載浮載沉。

偏離人煙稀少的小徑一側，禮奈低語了一句：「今天很滿足了。」接著她稍微伸展了一下身體。

「如果沒有其他想去的地方，我們就離開學校吧？這樣你應該也會覺得比較開心。」

禮奈這麼說著，露出淺淺的笑。

……我跟禮奈之間的關係，沒有生疏到會把這副表情當真。

要是真的就這麼解散了，禮奈回去之後想必會不斷反省今天的事情吧。

我並不是足以讓禮奈自律到這種程度的男人。

沒什麼優點的我之所以能跟禮奈交往，都是多虧她在女子大學這樣的環境，以及校慶這個時機。這些機運全都湊在一起，我才得以觸及禮奈的心弦。

能跟她交往，可說是接連的奇蹟所促成。

當我們還是情侶時，我之所以打從心底喜歡禮奈，或許也是因為我對此有所自覺。

所以我總是不忍讓禮奈流露出寂寞的神情。

而且，我在體育館也對禮奈說過了。

——讓我傷腦筋也沒關係。

那無疑是我的真心話。

既然禮奈決定將自己內心的想法說出口，我也要有所成長才行。

聽禮奈這樣講才產生這樣的思考或許也讓我心有不甘——但我也決定要在禮奈面前坦白自己的想法。

「難得有這個機會，我想多在這裡待一下耶。像是看看禮奈平常會去的地方，但也只限男生可以去的場所啦。如果有這樣的地方，妳可以帶我去看看嗎？」

大概是對於我這樣的回答感到很意外吧。

禮奈沉默了幾秒，最後還是露出了滿面笑容。

「當然好！」

她的語氣聽起來真的很開心。光是如此，我就打從心底慶幸自己說出了真心話。

然而這樣的心情是現在的我所湧現的情緒，還是出自內心過去的殘渣，唯獨這點就不得而知。

但我想，禮奈的微笑會讓我跟著開心起來是不變的事實。

總有一天，我們之間的關係或許也會得出一個明確的答案。屆時得出的，究竟是不是我們雙方都能接受的結論呢？

一陣暖風竄過我們之間。

綠葉搖曳著，不禁奪去我的目光。

禮奈看著這幅光景說了一句：「感覺好棒。」隨後輕輕地拉過我的手。

「我們進去吧？」

禮奈柔和的微笑，從過去到現在都不曾改變。

◇◆

進到校舍之後，不同於給人封閉感的外觀，迎面而來的是一片寬敞的大廳。

整個大廳一直到寬闊的階梯都鋪滿了酒紅色的地毯，正中間用金色勾勒出大大的校徽。

挑高的天花板上掛著氣派的水晶吊燈，就算有新郎新娘走在這裡一點也不奇怪。

一旁擺設了好幾張色彩繽紛的沙發，女大學生們在圓桌上放了應該是外帶的飲料。

「天啊～真不愧是女子大學耶。」

「我現在已經習慣了呢。一年級的時候，每次只要看到這裡心情就會很高昂呢。」

「我想也是。感覺女生會很喜歡。」

「呵呵，男生對於公主殿下之類的也不感興趣嘛。」
「這也是因人而異啦，我沒什麼興趣就是了。」
「您太要是感興趣，我也會嚇一跳呢。」
以前曾希望自己能變成公主殿下的人，看到這樣的室內裝潢應該都會很開心吧。
一邊緩緩走上樓梯，我低調地環視四周。
結果發現到一件事情。
「哦，也有人穿運動服啊。」
聽我這麼說，禮奈點了點頭。
「像是運動服那種寬鬆穿搭，感覺很時髦呢。我沒辦法穿得很好看就是了。」
「啊～原來如此。不是因為校內沒有男生，所以比較放鬆之類的理由啊。看來是我的偏見，抱歉。」
我道歉之後，禮奈說著：「沒有啦。」並揮了揮手。
「當然也是有鬆懈的時候喔。我也好幾次沒化妝就來上課了。」
「是喔，竟然！」
我睜大了眼，禮奈害臊地低下頭去。
「因為快要遲到了……不過學校也有化妝間嘛。就算身上穿著運動服，我應該也沒看過一整天都不化妝的人。」

「什麼是化妝間？」

我反問了這個沒聽過的詞。

「就是化妝的地方。那月來的時候，說感覺像藝人的休息室一樣，她玩得很開心喔。還說跟自己的學校完全不一樣。」

「是喔。也就是說，我們學校也有化妝間啊。我還是第一次聽說。」

「我想現在的大學有這種設施，應該不是太稀奇的事喔。」

禮奈輕聲笑了笑之後，連忙抬頭看向我。

「啊，我今天有化妝喔！」

「我看得出來啦。明顯很可愛啊。」

……這種說法好像在暗指她沒化妝時就不可愛了一樣。

說完之後產生了這個懸念的我，伸手搔了搔頭。

但這似乎也只是杞人憂天，只見禮奈笑彎了眼。

「謝謝。」

「沒什麼啦，呃，而且這也是客觀所見的事實。」

「但那是從悠太眼中看見的客觀想法吧。對我來說還是覺得很開心。」

禮奈感慨地這麼回應之後，用手指調整了一下項鍊。

她很適合穿戴那種散發高雅光澤感的飾品。

不知道對於我這樣的視線有什麼想法，禮奈開口說道：

「悠太最近又變得更會打扮了呢。大家都在偷看你喔。」

「一個男生混進女子大學，大家當然會看吧……是說真的沒問題嗎？我看還是離開校舍比較好吧？」

雖然校園內偶爾會看到男生走過去，但進到校舍裡再怎麼說應該都算違反規則吧？

然而，禮奈卻搖了搖頭。

「這裡是向一般民眾開放的校舍，所以沒問題。平常上課的地方比較難帶你去。」

總覺得她這句話是指除了這棟校舍以外的校區是禁止男生進入，讓我緊張地嚥下了口水。

「恕我冒昧，但請問一下，剛才那樣到處逛真的沒問題嗎？呃，警衛沒有跑來叫住我，應該是沒事才對啦……」

謹慎起見我這麼一問，沒想到禮奈的視線卻有些游移。

「你如果是自己一個人應該就會被阻止了。但是跟我走在一起……我偶爾會跟警衛聊天，他應該有看出我們是一起行動的吧。」

聽她這麼說，我不禁停下腳步。

「幾——幾乎是灰色地帶！我會被報警抓走！」

「別擔心，有我跟你走在一起，不至於啦！而且我偶爾會跟那個警衛閒聊！」

禮奈也連忙重複一次對我這麼解釋。

難怪那個警衛會一臉不知所措的樣子。

就他的職務來說應該要叫住我才對，但又看在我很明顯是禮奈熟人的份上，因此才會強忍下來吧。

……等一下跟警衛道歉好了。

禮奈「啊哈哈」地苦笑了一聲，感覺有點內疚的樣子，繼續說下去：

「總之，這棟校舍真的沒問題。其他像是餐廳之類，也有開放給一般民眾進入，這裡也設有男廁喔。」

「喔喔，所以才會偶爾也能看到男性啊。但幾乎都大叔就是了。」

這個回應讓禮奈伸手抵著下巴，思考了一下才向我提議：

「等一下可以帶你去我喜歡的咖啡廳嗎？就在這棟校舍的頂樓。雖然人滿多的，但也有男生出入，不會讓你覺得尷尬喔。」

「……那不是在女子大學裡也沒差吧。」

想去咖啡廳的話，車站前到處都是。

但禮奈聽到我的吐槽就噘起嘴來。

「人家邀請悠太來這邊還是別具意義的啊。更重要的是，那也是我平常會去的地方！」

「這、這樣啊。那倒是滿想去的。」

「好耶。」

禮奈輕聲笑了笑，走在我前方帶路。

上到三樓的時候，鋪在樓梯上的鮮紅色地毯變成大理石的風貌，幅度也越來越窄了。

「感覺從霍格華茲變成時尚的城堡了。」

「這印象確實是滿像的。悠太喜歡哪一種魔法？」

「索命咒。」

「男生就是會喜歡這個呢。」

「不要用那種眼神看我！感覺好丟臉！」

看到她流露出望著小孩子般的慈愛目光，我不禁伸手掩面。

我們一邊閒聊一邊走著，來到階梯的兩條岔路口，禮奈朝著右側的階梯繼續前進。

當我跟著她的背影走去時，禮奈向我問道：

「悠太，你會不會累？」

「那是男生該問的吧！妳別這麼顧慮我啦。」

這裡是有冷氣的室內，而且這點程度的階梯走起來也不辛苦，我反而擔心禮奈的體力。

「我走習慣了嘛。」

禮奈朝我回過頭來，好像正想開口說些什麼。

——但這時禮奈的身體忽然朝旁邊倒下。

我睜大雙眼。

她身後有個不認識的男生。在我的視線一隅，只見他露出焦急的表情。

雙方都是瞬間走出轉角處，於是她跟從另一頭走下來的男生撞上了。

「禮——！」

我及時朝著禮奈伸出右手，將左手放在扶手上。

幸好是在近距離發生的狀況，只要準備好撐住禮奈的姿勢，時機上是來得及的。

這時右手承受了一道重量，我在左手施加力道撐住禮奈。

在右手還抱著禮奈的狀態下，我以放在扶手上的左手為中心讓身體轉了半圈。

像個陀螺似的，我利用離心力分散掉身體傾倒下來的力道，禮奈不禁「呀！」地驚呼了一聲。

那個男生相當慌張地朝我們跑了過來。

「對不起，我沒有好好看路！」

看來好像是一對情侶，只見在那個男生身旁的女大學生一臉鐵青地俯視著我們。

我也垂下視線，這時禮奈也抬頭朝我看過來並眨了眨眼。

「對、對不起！妳還好嗎？」

那個女朋友也跑來道歉之後，禮奈在我懷裡動來動去想要點頭，但好像沒能照著自己所想的做出動作。

「我完全沒事喔！」

禮奈暫時停下了動作，維持這樣的姿勢勾起微笑這麼說。

她的狀況怎麼看都不像沒事，但既然受害的禮奈本人都這麼說了，那對情侶也一再道歉，之後便走下樓梯。

那個女朋友輕輕頂了一下男朋友的頭，讓人看得出他們平常應該感情滿好的。

「……不會很重嗎？」

「咦？」

禮奈紅著臉，對我這麼問道。

由於是突如其來的舉動，我完全沒有顧慮到重量。一聽到她這麼問，我的手臂也明顯感受到一股明顯的重量。

抱著一個人的情況下，這也是理所當然，但要是再讓女生在意自己的重量就太不好意思了。

為了將禮奈拉起來，我讓身體朝著剛才的反方向轉了半圈。這個動作需要滿大的力氣，但我盡量不表現在臉上。

在我身旁站好的禮奈臉還是很紅。

「久違地碰到了悠太的手臂。」

聽到她覺得有些可惜的語氣，害我差點嗆到。

「……別、別鬧我啦。」

「你表現得很帥氣喔。謝謝。」

看著禮奈淺淺地露出微笑，我不禁抓了抓頭。

這麼說來，手掌上好像傳來某種柔軟的觸感。

不，應該是我會錯意了吧。就當作是會錯意了。

重新振作起來的我，再次穩穩踩上階梯，慢慢走到頂樓了。

就像禮奈說明的那樣，來到這層樓就能看到幾個男生。有年紀差不多的男生在，讓我多少放心了下來。

眼前看到的男生打扮都滿時尚的，真不愧是會踏入女子大學的男生。我來到這裡會不會顯得突兀啊？

「就是那間。」

「哦！」

她帶我來到的咖啡廳，就位於在繞過半圈頂樓的地方。

「好潮喔～」

我不禁感嘆。

這間咖啡廳跟車站前會有的那種復古或摩登風格又不太一樣，整間店走懷舊路線。

明明店內可以容納許多人，卻散發出某種藏身處一般的氛圍，這在喜歡去體驗各式各樣咖啡廳的女大學生來說，應該也很受歡迎。

從外頭也能看見符合女大學生喜好的美麗室內裝潢，感覺要是我們學校裡也有這麼一間咖啡廳，志乃原肯定會一天到晚泡在裡面。

一進到店內就能感受到百貨公司般的高級感，環顧四周能發現，來到這裡的學生也大多是個性比較沉穩的人。

跟幾個男生對上眼時，我都快萌生同伴意識了。

而且店內也有幾位男性店員，當我就坐的時候，緊張的心情就已經放鬆下來了。

「我去點餐喔。悠太要喝咖啡歐蕾吧？」

「咦，這樣好嗎？那我要喝冰的咖啡歐蕾！」

「收到！」

禮奈玩笑般朝我敬禮，然後馬上朝著櫃檯走去。

看著她點餐的背影，總覺得自己好像在隨心所欲地利用她一樣，讓我感到有些內疚。

……不過對禮奈來說，應該不需要這樣的情感吧。

說起來，禮奈平常都在這間咖啡廳做什麼呢？

要是在車站前的咖啡廳就會有所顧慮，所以不適合在那邊用電腦。但這裡四周都是學生，感覺會滿有效率的。

在這裡也看不到喧鬧的學生，既然是禮奈喜歡的地方，或許平常的氣氛就是這樣。

畢竟是有幾千名學生的規模，很容易就想像得到校內應該也有好幾間咖啡廳。既然是女大學生會去的店，想必散發著更加獨特的氛圍。

「悠太，你肚子會餓嗎？」

端著紅茶、餅乾以及冰咖啡歐蕾來到圓桌的禮奈，一坐下就對我這麼問道。這裡的咖啡歐蕾牛奶加得比我想的還要多，這讓我不禁猶豫要不要再加果糖下去。

「不，我沒有很餓。不過剛好覺得口渴了，謝啦。」

「不客氣。」

結果我還是加了幾滴果糖，喝了起來。

雖然變得比我平常喝的咖啡歐蕾還要甜，但總覺得這樣比較有女大學生的感覺，偶爾喝一次也不錯。

今天喝著這樣甜甜的風味也滿愜意。

我一點一點地喝著咖啡歐蕾，沉浸在冷氣很涼的店內，以及咖啡歐蕾的雙重獎勵中，此時，禮奈開口說道：

「說起來，夏日旅行的事情，謝謝你答應那月的要求。」

「……對了。關於那個，我有件事要跟妳說。」

我切換了一下腦中的思緒。

海邊旅行計畫在八月舉辦。梅雨季那時我邀請了禮奈來參加，然而當時的狀況單純是「start」的旅行。雖然變成跟「Green」一起舉辦之後也一樣是到海邊玩，但必須跟她說明這件事情才行。

「那場旅行啊，變成要跟戶外活動同好會一起舉辦了。這件事是前天才在談，人數跟要去的地方會有所更動。」

「Green」預約的飯店是位在日本海沿海的度假飯店。雖然這樣可以壓低我們的費用，相對地就變成一大群人一起搭車，在整趟旅行的幾個細節上都會有所變動。

結果禮奈聽了眨了眨眼說道：

「你說的那個戶外活動同好會……是那月加入的那個嗎？」

「嗯。她雖然會跟我們同好會的旅行一起行動，但其實是以戶外活動同好會成員的身分參加。」

「原來如此。有那月跟悠太，還有真由也在，讓我很安心……」

禮奈的表情沉了下來。

光是如此，我就能察覺禮奈的想法了。無論如何，這都是必須確認的事情。

「嗯。彩華也會參加。她是副代表。」

我這麼說完，禮奈緊閉上嘴。

由整個同好會一起決定要與「Green」一起共同旅行的計畫是無法推翻了。禮奈如果是「start」的成員之一或許還有所轉機，既然是以受邀的身分參加旅行就沒辦法了。

光看禮奈的反應，這次有可能就不參加——

「彩華會同意嗎？」

「咦？」

「她不同意的話，就不能參加了吧。」

禮奈眼神直率地注視著我。

這兩人之間會有心結，原因都出在我身上。但是不是在我不知道的時候解開心結了呢？

「那傢伙說ＯＫ喔。我有先跟她確認過了。」

「……太好了。」

禮奈放心地呼出一口氣。

她的反應令我感到意外。

仔細想想，禮奈之前就說她跟彩華見過面了。梅雨季聽她說起那件事時，我記得她當時是說——道別的時候，我們都是面帶笑容。

說不定她們之間的關係沒有我臆測的那麼糟糕。

搞不好都交換聯絡方式了。

我揪緊了自己的大腿，做出這樣樂觀的推測。

對於希望她們變得要好的自己，我莫名感到火大。我是笨蛋吧。到頭來都是我造成她們之間的心結，這麼想也太悠哉了。

「悠太？」

「……沒事，抱歉。所以說呢，這有讓妳放心了嗎？」

聽我這麼問，禮奈「嗯——」地悄聲低吟。

接著她壓低了音量說：

「其實，我有跟那月一起去過那個同好會的迎新。但我沒有加入。」

「咦，禮奈也有去喔？」

這讓我嚇了一跳，不禁發出傻笨的聲音。為了蒙混過去，我喝了一口咖啡歐蕾。

總之先暫且將剛才在思考的事情放在一旁吧。

「嗯。很巧吧。」

「還真巧啊……為什麼跟我說這件事？」

大學一年級的四月，我還不認識禮奈。這更讓我覺得世界很小。

然而禮奈卻沒有加入「Green」。整理了一下腦中的思緒，我大概知道她沒說出口的事情是什麼了。

今年一月那場歡慶考試結束的聚餐時聊到的話題。

那月參加了「Green」的審核，提及聽過外貌審核的傳聞。既然那月知道這件事，她很可能也有跟禮奈說過。如果這正是禮奈決定不加入那個同好會的理由——對她來說，這會成為她是否要參加這次旅行的顧慮。

我不認為充斥著一群注重外貌審核的異性的團體當中，禮奈可以順利融入。

但我知道她這個擔憂只是多慮了。

我們已經是大三學生，是同好會的中心。當時在同好會中的那些高年級生不是已經離開，就是已經畢業了。

而且現在包含副代表彩華在內的幹部群，不會允許外貌審核的存在。那月也在一月那場聚餐時說過：「小彩好像也是後來才發現這件事，她得知的時候表情很明顯覺得厭惡。」

所以，我現在就能替禮奈屏除她的疑慮。

由不隸屬於那個同好會的我來說，或許會缺乏可信度。

即使如此，也總比沒有任何圓場來得好多了。

「禮奈。」

「嗯？」

「妳應該也知道那月參加的同好會有外貌審核的傳聞吧？」

禮奈眨了眨眼之後，視線也跟著游移。

「嗯……好像有這麼一回事。」

雖然說得曖昧不清，但從她的表情就能看出她清楚記得這件事。

我雖然不在那個迎新現場，站在女生的立場看來，不難想像那是會讓人感到很不舒服的一件事。

那不過是當時主導同好會的那些人的問題，現在樹跟彩華站上代表的角色，整個環境漸漸變成完全不能將此想法宣之於口。

「妳或許不會相信，但已經沒有那樣的事情了。至少現在——」
「啊，原來是這樣。那就太好了。」
禮奈很乾脆地做出這樣的回應。
這讓我有些沒勁，緊緊盯著禮奈看。
「你、你這樣盯著我看，感覺很害羞耶。」
「呃，抱歉。應該說妳這麼乾脆就相信了，反而讓我覺得不安。」
「什麼嘛～講得好像我懷疑你的說法比較好一樣。」
禮奈輕聲笑著，伸出食指輕輕抵上我的手臂。
「我相信喔，畢竟是悠太親口說的啊。謝謝你告訴我。」
說完這句話，禮奈接著喝了一口紅茶。
八月的那場旅行，將會是我最後一次跟著同好會一起去海邊了。
在這場旅行當中，跟我親近的那些人也都會參加，這令我感到很開心。而禮奈跟那時一樣，對我投以義無反顧的信賴——也真的讓我覺得很高興。
「得去買件新的泳裝呢。」
禮奈在半空中用食指描繪出比基尼的樣子。她的臉已經露出滿面笑容，讓人絲毫感受不到剛才那樣不安的心境。

看來是順利排除禮奈的疑慮了。

「悠太喜歡比基尼吧？」

以為要約去買東西的我，這麼回答：

「男生大概都喜歡啊……呃，這樣說感覺滿噁心的，抱歉。」

「這就是健全的證據嘛，我不會在意。而且這也是我問的問題。」

禮奈輕聲笑了笑。接著一時沉默地喝起了紅茶，最後還是輕輕放下杯子，對著我說：

「我有事要跟悠太說。」

「嗯？怎麼了，這麼鄭重其事。」

「請問下星期有什麼日子呢？」

「……考試的日子。」

我這麼回答之後，不禁有些洩氣。

從遙想旅行的思緒中回過神來，相對的，面對考試的焦躁感也隨之湧上。

「幸好還有要去旅行的計畫。不然我可沒辦法努力念書到最後。」

由於這學期要靠自己努力，因此平常就有在念書，但當考試日程迫在眉睫的時候，更得把那些內容塞進腦袋裡才行。

儘管自己是這麼想的，全科目合格的目標很快就在今天面臨了無法達成的危機。

回想起自己在時間管理上的怠慢與疏失，不禁重重地嘆了一口氣。

禮奈聽了我的回答便眨了眨眼。

「悠太，你的學分還好嗎？感覺可以畢業嗎？」

「還好啦，算是可以。下學期應該就能拿完學分了。」

「那就跟我一樣。嗯，悠太一定沒問題的。」

她是在鼓勵我啊。我再喝了一口咖啡歐蕾，簡短地致意：「謝啦。」

但她剛才為什麼要這麼問呢？我不認為只是想確認我能不能順利畢業而已。

正當我對此感到費解時，禮奈表現出猶豫著想做些什麼的樣子。她喝紅茶的頻率格外地高。才剛喝一口放下杯子，很快就又立刻拿起杯子來。我正要開口問她究竟怎麼了，禮奈說了一聲：「好！」並翻找起自己的包包，從中拿出一個小小的品牌提袋。

上頭印著很受學生歡迎的品牌名稱。

接著，禮奈便將那東西遞到我面前。

「悠太——祝你生日快樂。」

「咦！」

我不禁發出驚呼。

這時，我總算想通她剛才為什麼要這麼問了。她會問起下星期的事，是因為跟我的生日有關。

下星期的七月二十二日，就是我的生日。

「……妳還記得啊。」

——而且今天的目的也不是做校園介紹嘛。

要去參觀弓道場的時候，禮奈這麼說過。原來是這麼一回事啊。

「嗯。因為我很想替你慶祝一下。」

「……謝謝。我超開心的。」

「你、你都還沒拆禮物耶。」

「妳的這份心意讓我很開心啊。」

腦海中的某處確實記得自己的生日快到了，只是一旦跟考試期間重疊，注意力就全都放在那邊了。禮奈說不定發現跟我講話時有點牛頭不對馬嘴。

我從提袋中將禮物拿出來。出現的是一個帶有厚重感的盒子。

感受著禮奈的視線，我打開禮物盒的蓋子。

「——哇啊！」

那是一只手錶。茶色的皮革錶帶，配上玫瑰金的邊框及黑色的圓形錶盤。

三根指針是帶有透明感的白色，邊框用金色點綴。

帶有一致性的設計，讓我不禁為之屏息。

「竟然送我手錶……」

「不、不符合你的喜好嗎？」

「不，不是，我超開心的！因為我都沒有這種設計時尚的手錶！」

我忍不住立刻大聲地回話，隨後才趕緊摀住自己的嘴。

「抱歉，我喊太大聲了。」

道歉之後，我拿起那只手錶。

在休閒感當中又帶著簡約感，是我喜歡的那種設計。

「太好了～」

禮奈打從心底鬆了一口氣般露出微笑。

不知不覺間她已經將紅茶喝完，想必是真的滿緊張的吧。總覺得有點對不起她，我是真的感到很開心。

豈止開心，我甚至覺得自己不能收下這麼好的禮物。

「欸，這麼好的東西，我真的可以收下嗎？」

「嗯。這是我送你的，當然可以收下啊。」

禮奈露出柔和的微笑。看到她這樣的表情，不禁覺得自己真是問了個沒禮貌的問題。

「……謝謝妳，我真的覺得很開心。其實我一直很想要一個像這樣的手錶，但不斷催眠自己反正看手機也能確認時間。」

一戴上手腕，就有一種沉沉的厚重感。跟簡單的服裝很相襯，也很有存在感。

這副模樣讓禮奈的眼睛都亮了起來，還拍手鼓掌。

「很適合你耶！好帥氣！」

「真的嗎，好耶！」

「你這麼喜歡真是太好了。我本來還有點害怕呢。」

「害怕？為什麼？」

我心情很好地笑著，喝了一口咖啡歐蕾。動了動左手就能在視線一隅看到手錶。甜味在嘴裡擴散開來，更增添了幸福感。

「我知道你現在是真的覺得很開心，所以是沒差。依照悠太的個性，在收下禮物時也會想著『得讓對方開心才行』之類的事情吧。」

「嗯，多多少少吧。大家不都是這樣嗎？」

「我不曉得大家是不是都會這樣……但送出禮物後，反倒被收禮的人顧慮，這種感覺打擊還滿大的。因為悠太的表情我絕對看得出來嘛。」

禮奈就像卸下重擔似的伸展了身體。

禮奈的手腕上也戴著細細的手錶及手環。肯定是因為她平常就有配戴這些東西，才能挑選出適合我的設計。

「禮奈的手錶也好時尚喔。由妳來選，真是太好了。」

「嗯。而且也傾注了希望能再共度相同時間這樣的心意。」

禮奈用食指抵著嘴，快速對我拋了一個媚眼。

看她做出小惡魔般的舉動我也勾起嘴角，再喝了一口咖啡歐蕾。

我看到禮奈自己那份餅乾還留下幾塊，她馬上遞到我的手邊來。我很感激地收下之後，禮奈也露出微笑。

「好吃嗎？」

「嗯，好吃。」

「呵呵，那就好。」

禮奈雙手的手肘都抵在桌上，將端正的臉蛋擺在纖細的手指上。

看她這樣柔美的動作，我自然而然地挺直了背脊。

「──悠太。」

她的眼神充滿深情。

不知為何，此時的我沒辦法撇開視線。

店內傳來的細碎聲響感覺都漸漸遠去。

「下星期就要開始考試了呢。」

「……嗯。」

「抱著想去海邊玩的期待，好好努力吧。」

靜謐的語氣，聽起來很舒服。

她白皙的手突然朝我伸了過來，溫柔地擦了擦我嘴唇。

「……沾到餅乾屑嘍。」

禮奈笑著這麼說，用餐巾紙擦了擦。她手腕上的手鍊閃現一道光輝。

在她將餐巾紙摺起來的前一刻，我瞥見那上頭並沒有留下任何髒汙。

第4話　「Green」副代表

將悠太的生日禮物送出去之後，又過了幾天。
——參加受邀的旅行之前，我必須先做某件事情才行。
午後的陽光將肌膚一點一點曬得發燙，離開教室的我漫無目的地在學校裡走來走去。
「start」跟「Green」的共同旅行。
雖然跟悠太說了會去參加，本來應該要晚點再做出這個決定才對。
我想跟悠太去旅行。我覺得自己必須去，他在梅雨季那時提出邀約之後，我想了很多。
但沒想到竟會跟「Green」一起。
我本來只想參加「start」的旅行而已，可說是失算了。
當然不只是真由，那月也會一起去玩，這點確實讓我覺得很開心。
與此同時也多出了一些顧慮。
我曾參加過「Green」的迎新。那裡幾乎沒有我認識的人。主要原因在於一年級時我拒絕加入同好會，認識的那些人也在短短一個月內就漸漸疏遠了。

然而，這件事本身不會成為我的顧慮。
可能會有人明顯不希望我參加。
可能會因為我的關係，讓悠太格外費心。
這就是我對於參加這趟旅行的顧慮。
……彩華會怎麼看待我要參加旅行的這件事呢？
這是我對悠太說不出口的顧慮。
我這時才第一次得知彩華竟然是「Green」的副代表。
照悠太的說法，彩華好像已經同意讓我參加了。
但總覺得要把這件事解讀成因為是悠太開口她才會答應——這樣才比較自然。
彩華之前來向我道歉時流下了眼淚，像是傾吐出深藏內心的那份情感一般。
那時我就懂了。
——彩華一定也跟我一樣。
那天之所以沒跟她交換聯絡方式，原因或許在於不經意得知了彩華的心意。
既然彩華表現出了對悠太的心意，那她應該也能察覺我的想法才對。
跟自己是這種關係的人竟然要來參加旅行，一般來說會覺得不舒服也是理所當然。
如果我本來就隸屬於「Green」那又是另一回事，然而我甚至跟大家不同學校。

要是在這狀況下讓氣氛變得尷尬，一定會讓悠太費心顧慮。要是害他無法好好享受旅行，就太對不起他了。

但我還是想參加這次旅行。

要是錯過這次機會，恐怕再也沒辦法跟悠太一起去海邊玩了。儘管是人數眾多的團體旅行，會聚在一起玩的一定都是平常就很要好的人。

假設是這樣，他們一起共度三天兩夜，就算感情明顯加深了也不奇怪。

下定決心之後，我點開手機。

我的ＩＧ加了悠太、那月，以及真由。除此之外還有幾個原本是「Green」的學長姊。

因為參加過迎新的關係，有滿多人都只有加了ＩＧ而已。

我在ＩＧ點下「追蹤人物」的欄位，橫向滑了起來。只要共同追蹤的人越多，系統應該會主動推薦她的帳號才對。

結果——

Ayaka　追蹤中６１１　粉絲１３４８

age 20

▽美食　鬆餅&生魚片

▽漂亮的建築物
▽花

我馬上就找到彩華的帳號了。

明明一如我預料的結果，即使如此還是猶豫了起來。

怎麼辦呢？還是別這麼做比較好嗎？

直接向她確認這件事，感覺太沒常識了。但沒跟她確認是不是也很沒常識？

……我不知道該如何是好。

貼文的欄位上滿是閃閃發亮的照片。每一張感覺都很耀眼，她真的是太陽般的人。

不過我知道這是她對外的一面。

彩華也跟大家一樣，有著脆弱的部分。

所以我不會跟悠太交往那時一樣，下意識捧高彩華。就算只有現在，也要認為自己跟她是對等的才行，得抱持自信才可以。不然我會……

像這樣苦惱了好一陣子，我總算做好覺悟。

我點了一下畫面，追蹤了彩華的帳號。

如此一來，只要彩華也追蹤我，就能傳私訊給她了。既然沒有她的ＬＩＮＥ，這是唯一跟她取得聯繫的方法。
……早知道會變成這樣，當時應該該跟她交換LINE才對。
不過那時也沒想過事情會這樣發展，就算後悔也無濟於事就是了。
這時「叮咚」一聲，有個推播從畫面上方跳出。是紅色的通知。
『Ayaka 已追蹤你。』
接連又跳出了另一個推播。
『Ayaka 傳送訊息給你：謝謝妳追蹤我☺ 怎麼了嗎？』
我感到有些意外。不只是這麼快就追蹤我，還是由彩華主動傳了私訊過來。
這麼想的我，搖搖頭否認了自己的思考迴路。
……說不定我採取的方法，反而會給彩華帶來不安。
之前明明沒有交換聯絡方式，事到如今突然追蹤了IG，會覺得發生了什麼事也不奇怪。
——就算被她看穿心思也不奇怪。
我立刻點開了訊息，卻因為焦急而不小心點了兩下。
指尖碰到的是——通話鍵。
當我連忙想要掛斷的時候，撥號聲立刻停下來了。

『喂？』

「啊——」

她接起通話，我也驚呼了一聲。

……是彩華。

時隔兩個月聽見了她的聲音。

清朗的聲色帶著凜然的感覺，不禁讓我緊張地握緊手機。

是我主動追蹤她的。但沒想到竟然這麼快就說上話。

『請問，是禮奈對吧？』

不知道是不是錯覺，彩華的聲音好像有點緊繃。

因為我沒有馬上做出回應嗎？還是……

「對、對不起。我……不小心按錯。」

『啊，原來如此。』

彩華像是感到放心般說著，接著又開口：

『難道追蹤也是不小心按到嗎？』

「不，那倒不是。」

如此一來，也只能透過電話問她了。

我本來想，要是因為緊張而說不出話來就傷腦筋了，所以用傳送訊息的方式比較好。但沒有直接對話的關係，還稱什麼對等。

我硬是這麼鼓舞自己，開口說：

「那個……悠太約我參加……那個同好會的旅行。」

『嗯，我知道喔。』

「我參加也沒關係嗎？悠太雖然說妳同意了這件事，我還是覺得擔心。所以才想跟妳確認一下。」

一瞬間，彩華沉默了。

如果是思考該如何回覆我，那時間太過短暫，她說不定從我的語氣上感受到了什麼。

『當然可以啊。放心吧，我把妳跟那月分在同一間房了。』

「謝……謝謝。這樣啊，原來分配房間是由彩華你們決定的呢。」

『嗯，是啊。而且如果跟不認識的人同房，妳應該也無法好好休息吧。』

「這、這樣好嗎？」

人數這麼多的團體旅行，而且還是戶外活動同好會的活動，在我印象中，還以為會推崇增進不熟的人彼此交流。彩華會不會是顧慮到我的個性呢？

而且，還這麼乾脆。

『嗯——我會以「Green」副代表的身分參加這次的旅行。』

一般來說這是一句不帶他意的話，聽了也不會放在心上。

但對我來說不一樣。

這是婉轉告知她會暫時脫離戰線的意思。至少我是這麼解讀。

「我……」

『別說了。』

被彩華這麼打斷，我也跟著噤聲。

『抱……抱歉。畢竟都大三了，這想必會是最後一次跟同好會一起去旅行。所以我想坦率地好好玩樂一番。』

彩華用比較強烈的語氣，辯解般的這麼說了下去。

這不會讓我感到不舒服。不如說，這讓我看出彩華是如此重視同好會這整個團體，這讓我有點羨慕，我從來沒有產生過這樣的感情。

「這樣啊……也是呢。而且去海邊可以玩得很開心嘛。」

我也淺淺地笑了。

彩華恐怕是我的情敵。但這不能成為我跟她敵對的理由，也不可以。對悠太來說，彩華是相當親近的人。

就像悠太跟那月成為朋友會讓我感到很開心一樣，悠太說不定也會因為我跟彩華成為朋友而感到高興。

「我們一起下海游泳吧……呃，我可以這樣約妳嗎？」

這次陷入一陣明確的沉默之中了。但這陣沉默沒有負面的意思，而是有點不知所措。我隔著電話都能察覺出來。

『——當然好啊！禮奈不介意的話，我還想一起浮潛！』

彩華的聲音馬上變得開朗起來。

受到她這樣的情緒影響，我也自然地勾起嘴角。

「嗯。如果可以跟大家當個朋友就好了。」

『大家都是友善的人，一定可以和他們和睦相處喔。我們在想，晚上可以玩一些康樂活動，這應該也能成為契機。』

換作平常，要跟一大群人聚集在一起會讓我覺得有點退縮。但彩華說話的語氣既開心又雀躍，我的價值觀或許也能趁著這次機會有所改變。

這麼一想，我的心就漸漸發熱起來。

不同於起初的目的，也讓我滿懷期待。

就只有這次，我是不是也坦率地享受旅行樂趣比較好呢？

是不是也可以買件新的泳裝，盡情玩樂一番？

戶外活動同好會的成員，感覺都是我平常不會搭上邊的那種人。趁著這次機會跟大家交個朋友——也要跟悠太及那月留下一些回憶。

情敵之爭這種事情，或許留到在那之後也不遲。

總覺得整個人都放鬆下來了，我們接著又閒聊了幾分鐘。

『我也喜歡DIOR。雖然會跟平價彩妝穿插使用，但我唇彩基本上都是用DIOR吧。』

「我懂。沒有特別要跟誰見面的時候就會用平價彩妝呢。」

『對啊對啊，這畢竟也是消耗品——』

原本以為重點講完之後就會掛電話，沒想到聊得滿起勁的。

或許是因為聊到彩妝話題，也可能是多虧間隔了兩個多月的冷卻期間，讓我在跟她應對時越來越自然了。

掛上電話的時候，緊張感已經完全退去了。

「真厲害啊。」

我悄聲喃喃了一句。彩華之前應該也不太喜歡我才是。

竟然可以這麼快就消弭兩人之間的隔閡，我能理解她吸引人親近的原因了。真由也是，受到大家喜愛的人都是打從內在就具有魅力。連同性的我都會這麼想了——發現自己又開始思考起這些事情，我便拍了拍臉頰。

在下星期之前，暫且都別想了。現在先全忘掉吧。

如此一來，一定會在腦海裡深刻留下美好的記憶。

我一邊遙想著那場旅行，開始看起彩華以前的貼文。

稍微滑了一下頁面之後，滑動的手指便突然停了下來。

照耀著背部的陽光越來越強——然後就消失了。

★第5話 暑假

為什麼一來到考試期間，腦袋就會比平常更貪求睡眠時間呢？

殺時間的小遊戲玩起來比平常有趣三倍，點心時間吃的每一片餅乾好像都格外美味。

乾脆讓考試期間永遠持續下去，這樣就能享受潛藏在日常生活中一點一滴的小小幸福。

……但我絕對不是想沉浸於考試期間。

我在圖書館瞪著電腦，重重地嘆了一口氣。

大學的考試期間，不只是要去考有修的課程所進行的考試而已。換句話說，還得繳交大量報告給教授才行。

也有些教授會將交報告的時間定在考試期間結束之後。但要是寫報告跟準備考試的時期重疊在一起，而且兩邊的內容都很燒腦的話，就會變成像我現在的狀態。

「也太想睡……」

我暫時蓋上電腦，趴在桌上。

昨天只睡了三小時，正好是可以拿來強調沒睡覺的最佳狀態。然而在考試期間這樣一點也不稀奇，所以也沒辦法對誰宣揚這份辛勞。

今天是考試期間的最後一天，也是最大難關。

把目前處理的這份報告交出去的瞬間，就得以展開漫長的暑假，然而距離繳交期限只剩下幾個小時而已。

本來只是想休息一下才趴下來，但感覺只要一閉上眼，兩秒就會被引誘到夢鄉。

我現在不能睡著。

……我現在不能睡——

「悠太。」

——好像有人在叫我。

強烈的睡意襲來，我無法立刻抬起頭看。

當我硬是想睜開雙眼時，耳邊聽見好像有人輕輕放下什麼東西的聲音。

「…………嗯嗯……」

我緩緩地抬起頭來，看到有個東西放在眼前。

冰涼的罐裝咖啡歐蕾就放在我的電腦旁邊。

我四處張望了一下，身邊沒有看到認識的人。

總覺得在視線一隅，瞥見了一道背影，搖曳著玫瑰金髮絲。

◇◆

「你又頂著一張難看的臉耶……」

一見到我，彩華的語氣難得擔心地這麼說。

萬里無雲的大熱天底下，中庭曝曬在毫不留情的陽光之中，彩華有些受不了地用手指勾著衣襟搧風。

我拚了命地做完報告交出去，總算展開了為期將近兩個月的暑假。雖然要過一個月左右才能知道有沒有拿到學分，但算是得到解放了。

「畢竟是在考試期間，沒辦法啦。總算結束了……我今天要睡覺。爆睡一整天。」

「也是，你還是休息一下吧。本來是想出去玩的，但看到你的臉我就改變心意了。」

彩華苦笑著這麼說。

「嗯……我現在真的沒精神再出去玩了。話說回來，妳今天為什麼要來學校啊？」

已經拿到足夠學分的彩華前天就開始放暑假，她應該沒必要再來學校才是。但如果是來處理跟「Green」相關的事情，我沒能事先掌握也是理所當然的。

然而彩華說出口的，是出乎我意料的回答。

「我來找朋友。」

「……哦。」

這句平淡無奇的話背後，好像有著一個我知道的名字。

應該是剛才給了我咖啡歐蕾，有著一頭玫瑰金髮色的女生，戶張坂明美。

「……妳那個朋友剛才給我一瓶咖啡歐蕾。幫我向她道謝吧。」

「……是喔。我知道了。」

彼此都沒有明說是誰，但既然這樣的對話成立，應該就是這麼一回事吧。

就算我沒有做出反應，還是很乾脆地離開，確實很像是她的風格。儘管我們相處的時間不長，我仍然有這樣的感受。

彩華沉默了一陣子，隨後便從口袋裡拿出手帕，擦了擦額頭。

那白皙的肌膚太過水嫩，就這麼曝曬在大太陽底下教人於心不忍。這幾年的夏天真的很熱，對女生來說強烈的紫外線應該是攸關生死的一大問題。

我撇開了思緒，不再去想明美的事，對彩華說：

「我們找個地方躲太陽吧。」

「好啊。」

儘管只有一句簡短的回應，不過我能感受得出彩華的語氣中帶著欣喜。這樣提議真是太好了。

「你不回家沒關係嗎？應該很想睡吧。」

「嗯——我想說，還是享受一下這種解放感再回去好了。要是現在直接回家倒頭就睡，感覺就會變成自甘墮落的暑假。」

在放長假時，第一天最重要了。

根據我的經驗，只要第一天過著墮落的生活，就會變成整個長假的基本模式。如果是意志夠堅定的人當然完全沒問題，但像我這樣很放縱自己的人來說，就必須透過外在環境來整頓好自己。

但至今，這方法從來沒有順利過就是了。

一進到鋪著人工草皮的廣場上，就能看見從考試中解放的學生們或坐或躺地湊在一起閒聊，打發各自的休閒時間。

這個時段大半個廣場都會籠罩在校舍的陰影底下，不會受到太陽光的直曬。

雖然聚集了很多想待在室外、個性活潑的學生，大家幾乎都聚集在有陰影的遮蔽處，形成一幅滿有趣的光景。

眺望著眼前遼闊的休憩場所，真的從考試中解放的真實感也一點一點地湧上。

我們坐在兩人座的長椅，將身體完全靠在椅背上。背部感覺涼涼的，相當舒服。堆積在腹中的空氣，變成重重的嘆息吐了出去。

「呼——……總算考完啦！」

「啊哈哈，辛苦了。怎麼樣，這學期你滿拚的不是嗎？」

「是比平常認真啦。我切身體會到妳跟藤堂的努力了。」

對於從大一下學期開始就經常蹺課的我來說，大三上學期是一段久違認真念書的時期。

就算偶爾從他們身上得到一些建議，但基本上還是只靠自己的努力，所以我實在不確定結果會變成怎樣。不過整體來說，遠比大二那時感覺更為踏實，所以這星期考試的科目很有可能全都能拿到學分。

或許是從我的表情看出了這樣的想法，彩華也微微一笑。

「你很棒了啦。我來請你喝今天的第二瓶咖啡歐蕾吧。」

「真的嗎？我要我要。」

「是是是，等一下就去買。」

彩華直直向前伸出雙手伸展，跟剛才的我一樣，呼出了一大口氣。

「哈哈，妳也累了吧。」

「是啊。我在打工排班的時候忘記空下準備考試的時間，所以不但要念書還要上班。店長真的毫不留情耶。」

「是說妳現在打工在做什麼啊？」

「不正當的那種。」

「咕嚕……」

見我這樣回應，彩華抖著肩膀笑了起來。

像這樣若無其事的小動作足以讓我深深感慨，終於恢復到我跟彩華之間的日常了。

「啊，對了。」

笑了一陣子之後，彩華像是突然想到了什麼並開口說：

「你有跟禮奈說旅行的日程訂在八月三日了嗎？有沒有因為準備考試而忙到忘記講？」

「我早就跟她說了好嗎。這方面的聯繫就儘管交給我吧。」

「你不太……不，是完全不能相信吧。但總之有說就好，你很行嘛。」

「喂，相信我啊。」

沒想到她會這麼說，我回上一句之後，彩華卻好像有些傻眼地瞇起了眼。

「還不是因為你偶爾會有一段不想跟人聯絡的時期。但打電話過去的話還是會接，我是覺得沒差啦。」

「唔咕……」

曾幾何時，藤堂也對我說過類似的話。

在放長假期間，有時會無意間湧上想跟外頭的世界隔絕開來，並窩在家裡的心情。

幸好身邊都是可以理解我這種個性的朋友們。雖然也有可能是只剩下懂我的人，但關於這點還是不要想太多比較好。

「就算是到了那種時期，我還是會傳貼圖啊。」

「真的嗎？那就拜託你嘍。」

彩華勾起嘴角，溫柔地這麼說。

……換作志乃原，就算是我想窩在家裡的時期，她也會二話不說就衝進來，不讓我自己度過屬於自己的時間。

即使彩華有時會提出一些有點沒道理的要求，也幾乎沒有機會踏入我的私人生活。她想必比任何人都更懂我吧。

這大概就是我們身為摯友的相處模式。

「謝謝妳。」

脫口而出的這句話，讓彩華露出困惑的表情。

「怎樣啦，很噁心耶。」

「好過分！我只是在向妳道謝耶！」

我憤憤地甩了甩腳，彩華說著：「吵死了。」並且拍打我的大腿。
這種解放感，讓我喊得比平常還要大聲。
「不知道原因突然被人道謝，當然會這樣想啊。你到底是為什麼向我道謝啊？」
「沒有啦，想說就算我沒主動聯絡妳也不會生氣。」
彩華聞言愣了一愣。
「啊哈哈，現在講這個也太遲了一點吧？這不是理所當然的嗎？也不想想我們都相處幾年了。」
她滿不在乎地做出這樣的回應，聳了聳肩。
但不知道是不是錯覺，不同於冷靜的表情，她的語氣似乎帶著熱意。
「欸。」
「嗯？」
「每次你聯絡我的時候，我都覺得很開心喔。」
第一次聽到這種事情，我不禁眨了眨眼。
「……是喔？」
「我也沒什麼自覺就是了，大概吧。要不然訊息也不會一直傳下去啊。」
「這麼說也是。那我大概也一樣吧。」

並非事務上的聯絡，只不過是閒聊也能一直講下去。

或許只是我跟彩華對此沒有自覺，但在這當中總是蘊藏著開心的心情。雖然要承認這點感覺有些害臊，不過理論上可以明白。

我回想起梅雨季那時彩華突然斷了聯繫，自己確實感到很寂寞。

正因為平常跟她的聯繫讓我覺得很開心，才會產生那樣的情感吧。

「總之呢，你有空就回我一下吧。」

「好啊。」

不可能有辦法拒絕。

自己都感到那麼寂寞了，還要讓對方體會到相同的感受也太沒道理。

而且我也無法否認不想與人聯繫，可能正是自甘墮落的生活的延伸，所以該如何度過這個暑假顯得更加重要了。

今年的暑假不同於大二之前的，是一段該留心於自己即將出社會的時期。

同好會的旅行結束之後，就留一點時間思考這件事吧。

「來，這個給你。」

「咦？」

我眨了眨眼。

彩華突然從自己的口袋裡拿出了一個小袋子。

「你的生日過了吧。也當作是慶祝考試結束。」

「這裡面放了什麼？炸彈嗎？」

「怎、怎麼可能會放那種東西啊！」

「因為這是妳第一次送我生日禮物啊！」

自從高二跟她成為朋友之後，從來沒有收過彩華給的生日禮物。她今年一月送我的鑰匙包我現在還很愛用——

「之前給你的鑰匙包，也算是生日禮物喔。雖然晚了半年。」

「原來如此。那個鑰匙包，我現在用得很開心喔。」

「我知道啊，平常都看你在用嘛。所以我今天才會也送你禮物。」

彩華催促著：「快打開吧。」

我輕輕解開綁在小袋子上的繩子。

看起來綁得很緊，卻很容易解開。

放在裡頭的是一個小小的木盒。

「……這是要拿來放什麼的啊？」

「不是啦！禮物放在裡面好嗎！」

「啊，原來如此。」

理解之後，我打開木盒的蓋子。

「——哦哦！」

眼前出現了一條銀色項鍊。

雖然是時下流行的細鍊款式，但掛在正中間的藍色裝飾醞釀出獨特的氛圍。扣環的地方淺淺地刻著英文字母，我看了不禁睜大雙眼。

「這樣的款式不管跟哪種衣服都很搭呢。不只T恤，穿襯衫也很適合。」

「真不愧是彩華大人。出外就是要靠彩華大人。」

「你真的很現實耶。」

彩華有點傻眼地笑了笑，接著輕輕用手指拿起項鍊。

「嘿。」

「哦？」

彩華繞到我身後，從後頸替我戴上項鍊。這還是第一次有人替我戴上項鍊。

我摸了摸戴上脖子的項鍊，手感就是不一樣。

來到我眼前的彩華，看著我的樣子並勾起嘴角。

「我就知道，果然很適合你。」

「真的嗎？謝啦。」

「不客氣。旅行的時候不可以戴去喔。你一定會弄丟。」

「妳完全不相信我耶……」

既然是去海邊，能戴的時間也不多，我就乖乖服從吧。

「彩華的生日是在九月對吧？」

「你不用送我東西啦。只是我單方面想送生日禮物給你而已啊。」

「……妳是撞到頭了嗎？」

換作平常，她會毫不客氣地要求回禮。

但我本來就打算答謝她一月送我的禮物啦。

「……我看還是跟你討個禮物好了。」

「到底要不要啊？」

我勾起嘴角，瞥了彩華一眼。

這時，我發現了一件事。

剛才還坐在我身邊的彩華，臉頰顯得有些泛紅。

「喂，妳的臉是不是很紅啊？我看還是進去好了。」

今天氣溫超過三十度，完全就是個盛夏的日子。

儘管這個地方擋掉了直射的陽光，如果她身體不太舒服，還是待在校舍裡面比較好。

我立刻做出這樣的判斷，從長椅上站起來。

彩華卻沒有要站起來的意思，動著嘴模糊不清地不知說些什麼，感覺不像平時的她。

「還、還不習慣啊……」

「咦？習慣什麼？」

「……沒事。」

大概是身體真的很不舒服，彩華的回覆不像平常那樣有魄力。

等不下去的我伸手抱著彩華的腰，硬是將她扶起來。

「啊，等等！」

「別太勉強了。不舒服就說一聲啊，我扶著妳回校舍那邊——」

說是這麼說，明明沒有摸到奇怪的地方，手掌卻傳來特別柔軟的觸感。

夏季的衣服比起其他季節的服裝都來得更貼身。所以會有這種觸感也是不可抗力，只是如此一來要扶她回到校舍應該得費上好一番工夫。

「你是故意的吧！絕對是故意在那邊亂來的吧！」

「誰在跟妳亂來啊，好了啦，不要一直亂動！」

「光天化日之下最好是有辦法不亂動啦！」

彩華一股勁地轉過身，我就這麼被她使出的離心力甩開，朝著長椅摔去。在看她跟明美單挑的時候我也感受到了，從她身體能力俐落的程度看來，要是加入籃球同好會肯定會有相當活躍的表現。

「……欸，你沒事吧？」

我聽見她感到擔心的聲音從我頭上傳來。

我的頭就這麼塞進長椅。要是再偏離個幾公分，肯定會撞出一個大腫包。

「……看妳這麼有精神，身體應該是沒事吧……」

「所以說我本來就沒有不舒服啊……」

伴隨著回應，彩華輕輕地觸碰著我的背。

我渾身無力地被她拉了起來，不禁覺得身為男人這樣還真是難堪。

♥第6話　邁向大海！

現在是共同旅行前一天的晚上十一點。

我將最後一個行李收進波士頓包之後，這才總算鬆了一口氣。

旅行的準備本該更早完成，但我總是會拖到最後一刻。儘管心情上等不及想要去旅行，但做準備依然是很痛苦的一件事。

然而似乎不是所有人都會這樣想，根據志乃原的說法：「在做旅行準備時也要開開心心的啊，不然就太虧了！苦惱要穿哪一套衣服、該穿哪一件泳裝之類，像這樣挑選的時候旅行就已經開始了！」好像是這樣。

最近這種外向的發言都會讓我提振起精神，但我還是很難立刻習慣這樣的思考模式。或許沒必要特別讓自己習慣，但我很喜歡志乃原這樣的正向思考。

我身邊的人，都具備自己所沒有的東西。總覺得志乃原在這點來說格外顯著。

能吸取新的價值觀是一件令人開心的事情。

不過當我產生這樣特別的想法時，就代表已經受到影響了吧。

……我也一點一點在改變。

拉起波士頓包的拉鍊，拿去放在玄關前。

為了避免到了當天早上一陣慌亂，得先把要穿去的衣服放在床下面才行。

走到放在窗邊的小櫃子前，開始翻找起自己的衣服。

畢竟也沒幾件，很快就找到想穿的那件衣服了。

抽出那件T恤之後，剛好看到收在深處的一個小盒子。

那裡面收著我在梅雨季時翻找出來的東西。

那是在跟禮奈講完電話之後的事。

因為是滿高價的東西，分手的時候我還是沒能丟掉。但現在想想，真是幸好當初沒有把它丟掉。

打開那個小盒子，裡面有一條點綴著祖母綠飾品的手鍊。

在電燈光線的反射下，奇幻般的光輝倒映在我眼中。

會被自己所沒有的東西所吸引的人。

會被有著與自己相通的東西所吸引的人。

過去的我，無疑是後者。

我看著那條手鍊一陣子，再次收回小盒子當中。

◇◆◇◆

「禮奈。改天有空再約也沒關係，我們一起去買交往七個月的紀念品吧。」

「七個月？」

禮奈聽見我的提議，不禁眨了眨眼。

今天是我們交往滿七個月之後第一次約會。

一邊牽著手走在路上，禮奈費解地微微歪著頭。

「真難得耶。慶祝完交往半年紀念日之後，也才過了一個月而已。」

「妳、妳不喜歡這樣嗎？」

「你覺得我會那樣想嗎？」

禮奈垂著眉笑了笑。

為了避開從前方走來的一群人，我們暫時在一間商店的玻璃展示窗前停下腳步。

這條路上幾乎一整排都是時尚精品店。

在這一帶來說是滿罕見的光景，但禮奈若無其事地繼續說了下去：

「我只是覺得有點早，嚇了一跳而已。感覺也沒什麼人會特別去慶祝交往七個月紀念日嘛。」

禮奈這麼說完之後，「啊」地驚呼了一聲。

「難道是悠太想買嗎？」

「唔……妳真懂我啊，禮奈……」

「呵呵，我最近開始，稍微能看出悠太在想些什麼了呢。」

第七個月就這樣，未來是不是凡事都會被她看穿啊？

……照這個步調看來很有可能。

當我這麼想的時候，禮奈心情很好地拉過我的手。

在被拉著的狀態下跨步向前，重新握好彼此的手。

「從今以後我也想一直跟悠太在一起。也算是傾注這樣的心意，我們一起去買吧。」

「還真是謝謝妳做出這麼漂亮的結論喔。」

「啊，好過分。這是人家的真心話耶。」

禮奈笑彎了眼，接著將空出的那隻手伸進口袋裡。

她滑了一下手機，再次朝我看過來。

「我取消電影的預約了。現在就去買吧？」

「什麼！那《我的名字。》呢？」

雖說是可以在當天免費取消的電影院，這也是在好幾間都已經沒有空位的狀況下，好不容易訂到的票。

但禮奈很難得地噘起了嘴。

「今天可是我們交往第七個月的第一次約會喔。第七個月很快就會過完了，既然是要慶祝紀念日，就要今天去買！」

「唔……聽妳這樣說是沒錯啦……呃，可是……」

「啊，你看。重新整理之後，已經沒有空位了。應該有人在等候補吧。」

「斷了後路啊——！」

我仰天大喊。

禮奈看著我的反應開心地笑了起來，這時她突然停下了腳步。

那是一間時尚精品店。

隔著展示窗，可以看見裡頭陳列了各式各樣的飾品。

「這裡……」

在禮奈的帶領下我也突然停下腳步，勾起嘴角說著：「真難得啊。」

「每次都是我在最後關頭挑選。」

「是、是沒錯。但不覺得這個很棒嗎？」

禮奈手指的前方，是一條手鍊。祖母綠的飾品散發出亮麗光輝的手鍊。

雖然是以學生的財力來說需要鼓起勇氣的價位，但我才剛領到比平常多一些的打工薪水，所以錢包還算滋潤。

「真想各買一個湊成一對呢。」

「不再多看看其他的款式嗎？這有點……不，這還滿貴的耶。」

「嗯——不過我滿喜歡祖母綠的。」

禮奈一再凝視著那款手鍊，接著向我問道：

「悠太，你知道祖母綠的寶石寓意是什麼嗎？」

「我連寶石寓意這個概念都沒有。」

「討厭，一點都不浪漫耶。」

禮奈噘起嘴，淺淺地勾起微笑。

她這樣柔和的表情，總是給我帶來莫大的安心感。

「是愛喔。」

「……愛。」

「嗯。所以就算將來變成遠距離，只要有這個在，就會覺得彼此的心繫在一起。」

禮奈的側臉彷彿一瞬間籠罩了一層陰影。

……她究竟在想些什麼呢？

我沒辦法看穿她的內心。

但禮奈刻意用了「將來」這個詞。我也不是從來沒有思考過將來的事情。

像是找工作，或出社會之後的生活，當身處在那樣令人目不暇給、瞬息萬變的環境下，很有可能變成遠距離戀愛。

身為男朋友，我不能讓她因此流露擔憂的神情。

如果多少可以讓她感到放心就好了。

既然連我自己都開始被這條手鍊吸引，就更沒有理由拒絕了。

而且以銀鍊為主軸的設計，連我這個男生也很喜歡。

望著那條手鍊好一陣子之後，我下定決心點了點頭。

「就買這個吧。而且這也是我們第一個成對的東西吧！」

「咦，真的嗎？悠太，你不看看其他款式嗎？」

「多虧了禮奈，我也開始覺得祖母綠很不錯。而且這款的外觀設計也很少見。」

就趁著它還沒賣完之前。

聽說買東西是一種當下的緣分。偶然在校慶上邂逅的我們，感覺也是如此。

所以才會覺得這樣的我們如果要買個成對的東西，現在的狀況是最合適的。

「現在就買這個吧。也為了牽起未來的我們。」

我這麼說完，禮奈也露出滿臉笑容。

她紅著臉，喃喃說道：「謝謝。」

光是看到女朋友開心的表情，對男朋友來說所有努力都得到回報了。

「我也很期待八月去海邊旅行呢。」

那將是我們交往之後，第一次去海邊玩。

「是啊。但很猶豫要不要戴這條手鍊去海邊耶～」

「泡在水裡的話可能會鏽掉，所以我應該不會戴著去游泳……不過還是會戴去海邊吧。機會難得，也想戴個飾品打扮一下。」

「我看我還是算了。要是弄丟了，感覺會很絕望。」

「這倒是。悠太還是把手鍊收在櫃子裡比較好。」

「我還期待妳能幫我說點好話！」

「呵呵。真可惜呢。」

禮奈緊緊握著手，再次面向我。

我們沒有任何擔憂地計劃起幾個月後的事情。

這也算是某種信賴的證明。

這時有水滴落在臉頰上，我仰望著天空。
畢竟梅雨季也還沒完全結束，最近接連幾天都是陰天。
但就算是被灰色暈染的天空，到了夏天也會露出透澈的湛藍。
從今以後，我們還會累積多少回憶呢？
遙想著旅行的事情，我跟禮奈再度邁步前進。

◇◆◇◆

天空一片晴朗。
八月三日早上八點半，風像是突然想到一樣，送來一陣陣熱氣。
進入暑假不久，殷切期盼的活動就到來了。
從今天開始，就是兩個同好會一起舉辦的三天兩夜夏日旅行。
同好會的旅行既沒有課外教學，也不會有老師巡邏，只要一味地追求留下開心的回憶。
再加上這是我大學生活中第一次在海水浴場附近住上三天兩夜，我也一反常態地引頸期盼這一天的到來。
清晨七點就收到彩華傳來『你起床了嗎？』的確認訊息，她還因為我很難得立刻回覆而嚇了一大跳。

總覺得她這樣的反應莫名有趣，我一回想起來就覺得很好笑，同時踏入了大學的校區。

踩著雀躍的腳步，當我踏入集合地點——五號館的大廳後，已經有很多同好會成員聚集在這裡了。

數量恐怕多達五十人以上。

距離集合的時間明明還有半小時，卻有超過一半的人到齊了，大家想必也都相當期待今天的到來。

每個人的臉上都流露欣喜，跟幾個要好的朋友湊在一起聊天。

我也環視了一圈，尋找平時玩在一起的那幾個人，馬上就發現了。

休息區內有四張沙發橫向並排，對面擺放著連在一起的四張沙發。聚集在那裡的是我們籃球同好會「start」的成員。

志乃原跟琴音，以及藤堂跟大輝各自坐在一起，感覺聊得正開心。

從那個狀況看來，我似乎還算是晚到的了。

當我走近之後，很快就跟志乃原對上視線，學妹也朝我揮了揮手。平常我只覺得她真是個一大早就很有精神的傢伙，但今天的我沒資格這樣說她。

「學～長～！這邊，我們在這邊！」

「喔——！」

我也舉手回應，向前走去。

在我走過去的途中，幾個「Green」的成員也紛紛說著：「早啊～」、「嗨～」地向我打招呼。受到這些親切的社團成員們影響，我也跟著嗨了起來。

我覺得自己很難得一早心情就這麼興奮。

「學長，你今天起得來耶！」

志乃原邊竊笑邊對我這麼說，因此我也輕聲笑著回應。

「今天要是遲到可就糟了呢。妳聽了可別嚇到，我七點就起床了！」

「很正常好嗎！」

「對我來說超早的吧～」

我無奈地誇大搖頭的動作，結果坐在志乃原對面的藤堂晃著肩膀笑了起來。

「不過——你沒有遲到真是太好了。我可不想看到悠被彩華殺掉啊。」

「別擔心，就算變成那樣志乃原也會獻身救我。」

「為什麼我得犧牲啊！」

志乃原嚇得做出抗議。

有個人看著我們這樣的互動笑得很開心。

是大四的琴音。她在這個同好會是偶像般的存在，是大我一屆的學姊。

圓圓的眼睛彷彿小動物般惹人憐愛，而且微微下垂的眼尾也給人隨和的印象。短短的金髮捲向內側的髮型更凸顯她小巧的臉蛋。

有段時期傳出她在跟大輝交往，但她澄清：「那是沒憑沒據的謠言。」那舉動讓我記憶猶新。我更清楚記得人也在現場的大輝裝出一副格外有精神的樣子。

琴音是「start」的前副代表，已經找到工作的她從六月底開始來同好會露臉。

雖然早就舉辦過高年級生離開同好會的歡送聚餐了，但不同於高中時的社團活動，高年級生離開同好會的界線比較模糊。

只要本人期望，同好會的成員們也同意的話就能參加旅行，所以琴音出現在這裡也不會奇怪。

琴音那雙圓滾滾的雙眼朝志乃原看過去，露出幸福的微笑。

「真由真的好可愛喔，超療癒人心耶。我要是再晚一點出生，就能盡情欣賞了。」

「欸嘿嘿，被這樣誇獎真是開心。」

志乃原真的感到害羞似的笑了笑。

琴音的身高比志乃原還矮個幾公分，相較之下還是給人較為成熟的印象。

這或許就是跨越就職難關的證據吧。

將短短的寸頭染成褐色的大輝，猛地舉起充滿肌肉的手臂。

「那我也要稱讚真由！」

「謝謝副代表——」

「回應的態度也差太多！」

大輝的嬉鬧也逗得琴音發出開懷的笑聲。從這個場面的熱度看來，這四個人應該閒聊了好一段時間吧。

我正好想加入他們的話題，因此暫時將一大袋行囊放在兩張面對面擺放的沙發之間的桌子上。

與此同時，藤堂站起身來。

「悠，我先到停車場那邊去，可以麻煩你幫我點名嗎？差不多在集合的十分鐘前再點一下就好了。」

「喔喔，OK。如果有很多事要處理的話，我也去幫你吧？」

「不用，我自己去就可以了。只是怕有人搞錯集合地點跑到停車場，先去確認一下而已。如果有人跑錯地方我再跟你聯絡，在那之前你稍微帶一下。」

「好喔～交給我吧。」

我隨手朝他豎起大拇指。

這次的旅行也是我第一次參與主辦方的工作，這點事情還是該處理。

藤堂前往的是停車場，穿過大學後門再走個幾分鐘就會抵達。我們包下的三輛巴士停在那裡。一開始預計要在停車場集合，但前幾天突然變更成五號館大廳了。

主辦方原本想說學校正在放暑假，停車場應該滿空曠的，但在得知剛好跟校園參觀日撞期後，才突然變更集合地點。

這件事應該有傳達給每一位參加者了，眺望著藤堂以防萬一還是前去確認的背影，總覺得相當可靠。就像父親一樣。

「這個同好會代表很可靠耶～」

直到看不見藤堂的身影之後，琴音才出聲說覺得他很可靠。

「距離開放參觀校園還有一段時間就是了呢。而且也有得到許可，只要我們能在十點之前離開都沒關係，我倒覺得是他太操心了。」

做出這樣若無其事的回覆之後，大輝也隨口表示同意，琴音卻搖了搖頭。

「身為同好會代表，還是多操點心比較好呢。真的很了不起啦，了不起。」

「說得也是。那傢伙真的很了不起。」

我也坦率地點頭。雖然我順勢加入了主辦團隊，但只要我不想擔責任，在開會討論的階段也隨時可以解脫吧。儘管如此我還是繼續做了下去，因為我也想要有藤堂跟彩華那樣的表現。

站在主辦的立場，我更深刻體認到那兩個人有多厲害。

至今我只是單純覺得整個團體可以運作得這麼順利，都是多虧了管理的那些人，但當自己也站在這一方的時候，便再次體認到這樣舒適的環境並非理所當然。

假如要由我主導一個團體，所有事情能不能順利進行都令人存疑。

正因為我是這樣的個性，加入主辦方才有意義。

雖說是主辦方，我也是到了後期才加入，所以只參與到康樂活動跟分配房間之類的討論而已，但對我來說，跨出這個第一步相當重要。

我認為，一切的關鍵就是這個第一步是否存在。

琴音一邊點頭說著：「你們有個好代表呢。」說完轉而看向志乃原。

「這麼說來啊，真由為什麼到了大二才加入同好會呢？」

琴音這個提問，讓志乃原的雙眼都亮了起來……我滿心只有不祥的預感。

「喂——」

但我的叮囑晚了一拍，志乃原已經開始得意洋洋地向琴音跟大輝說明起自己加入同好會的原委。

志乃原說著：「因為學長很拚命地拜託我加入！」、「學長一直說服我加入同好會比較好。」這類順著她的意志竄改過的記憶，對此我一再糾正她：「不是好嗎！」、「我才沒有！」此時，我的口袋傳來一陣陣震動。

是藤堂打來的嗎？

我這麼想著，立刻拿出手機，結果來電畫面顯示的是禮奈。

『我到了！悠太，你在哪裡？』

我站起身來，環視了整個大廳。

原本以為靠著那頭髮色應該很快就能找到她，卻還是遍尋不著。

「我朋友來了，要去接她一下。志乃原，妳可不要隨便亂說話！」

「學長好過分！我從來沒有說過謊耶！」

「妳這句話就是在說謊了好嗎！」

這麼吐槽之後，我便離開沙發區，朝著自動門的方向走去。

晚點再跟志乃原他們會合的時候，我無論如何都要解開誤會。

我腦中一邊這麼想著，一邊走到自動門邊，但出入口附近沒有任何人在。

我感到費解地回頭一看，這才看到那頭暗灰色的頭髮了。她站在柱子的遮蔽處，以我走過來的方向來看，似乎剛好是視線的死角。

「禮奈，原來妳待在這麼角落的地方啊。」

我向她搭話，禮奈這才緩緩抬起頭來。

「悠太。」

淡紫色的雙眼倒映出我的身影。

大廳出入口的地方有很多人，不是聚在一起就是站著聊天，她大概是看到這幅光景而感到退縮吧，就連笑容也有些生硬。

確實，像這樣面對面就會覺得她散發出的氣質有些突兀，但畢竟聚集在這裡的人是以戶外活動同好會成員為主，這也是無可厚非。

當我這麼想的時候，禮奈有些生悶氣似的鼓起臉頰。

「悠太，你現在是覺得我很突兀吧。」

「沒……沒有啦，但也差不多。」

「啊，好過分！我還希望你能幫我說話耶。」

「呃，我不是負面的意思喔。只是覺得在這裡很難看到像妳這麼優雅的人在，所以覺得妳很引人注目。」

「姆姆。」

禮奈還是不滿地嘟著嘴。

我連忙在胸前雙手合十，禮奈這才對我笑著說：「真拿你沒辦法耶。」她垂下了眼尾，露出柔和的微笑。

彼此都知道是在開玩笑的這段互動，讓我放心多了。

禮奈轉了一圈背對著我，認真環視了這一帶。

「真沒想到有這麼多人參加耶。本來以為可能會遇到幾個有見過面的人，但好像都沒看到。」

「哦，原來有好幾個人啊。是在迎新認識的嗎？」

「嗯，那時認識的那些人應該都會來。而且剛才也有看到幾個人。」

禮奈的視線前方，有兩個聊得正開心的小團體。我順著她的目光看了過去，這時禮奈輕輕拉了我的袖子。

「嗯？」

「這幾天我會跟那月他們一起玩，但偶爾也要跟我聊聊天喔。」

我不禁睜大了眼睛。

「當然會啊。雖然沒辦法一直跟妳一起行動，這趟旅行多的是時間。」

「嗯，謝謝。那我現在就去找那月他們。」

「好喔。她剛才在樓梯附近，我跟妳一起過去吧。」

「太棒了。」

這麼說著，我們穿過人群，朝著那月所在的樓梯走去。畢竟禮奈並不隸屬於在場的任何一個同好會，本來以為會有很多人對她投以好奇的目光，看來是我多慮了。

仔細想想也是理所當然，畢竟是兩個同好會一起舉辦的活動。參加人數也很多，就算看到不認識的人也完全不會放在心上。

「禮奈～！謝謝妳之前打電話過來，我聊得很開心！」

一道快活的聲音叫住禮奈。

只見志乃原朝我們這裡猛揮著手。

「她跟妳還真親近啊。」

禮奈點點頭，也朝著志乃原揮手回應。

這個動作滿低調的，總覺得她的表情也有點僵硬。

儘管覺得有點不自然，但這個念頭在我們走到那月身邊時也煙消雲散了。

「那月～！」

聽到禮奈的招呼做出反應的，是包含那月在內的四人小團體。

除了那月以外全都是沒什麼講過話的女生，換作是平常，我面對這種狀況多少會有些退縮，但因為旅行的關係現在心情滿興奮的，目前還算心平氣和。

那月一看到我們，臉上馬上露出了笑容。

「啊～歡迎妳來，禮奈！順便也跟悠太打聲招呼！」

「我是順便的喔！」

「跟禮奈相比的話嘛。大家請跟她好好相處喔～」

她們大概是平常就會跟那月一起行動的朋友，大家都散發出獨特的氣質。在戶外活動同好會來說是難得比較沉穩的一個小團體，禮奈應該也比較容易融入。

禮奈一邊說著：「請多指教～」一邊親切地跟大家打招呼，很快就加入她們這群人之中。

或許不及彩華跟志乃原那樣，但沒想到禮奈的社交能力也滿高的。

不過仔細想想，她本來就擁有想去參加選美比賽的行動力……想必還有我所不知道的一面吧。事到如今我才這麼覺得。

當我思考這件事時，小團體中有一個人伸手想跟禮奈擊掌。

「耶～禮奈，妳來啦！」

突然被人搭話的禮奈不禁睜大雙眼。

「啊……佳代子？妳為什會在這裡——」

被稱作佳代子的學生，似乎因為無法得到期待的反應而噘起了嘴。

「還問為什麼，當然是那月約我來啊。竟然可以跟著男女合校的同好會一起去旅行，這也太幸運了，沒理由拒絕吧。」

佳代子這麼說著，朝我看了過來。

她是個留著極短髮的金髮女子。一身休閒的打扮，穿著尺寸寬鬆的衣服。看她坐在樓梯扶手上的姿勢也滿有模有樣。

我們對上了眼，佳代子一時露出費解的神情，後來才像從位置上彈起來般站起身來。

「咦？欸，我是不是在哪裡看過你──」

她的話才說到一半，禮奈就站到我身前來。

乍看之下是很自然的舉動，但看在了解禮奈為人的我眼中，總覺得不太自然。我不禁覺得她是在打斷我跟佳代子的對話。

我隔著禮奈的後腦勺，可以看見那月似乎也有同樣的感覺，只見她呆愣著，稍微歪過了頭。

「對了，悠太。」

禮奈轉過身來。

這時那頭暗灰色的髮絲飛揚了一圈，剛好掃過我的鼻尖，害我差點打噴嚏，幸好勉強忍下來了。不過比起這種事情……

「怎麼了嗎？」

「真由剛才在叫你喔。在來這邊的途中，她還比了個手勢。」

禮奈嘴角勾著笑容對我這麼說。

那雙微微動搖的淡紫色雙眼中，倒映出我一臉困惑的表情。

——這句話八成是在說謊吧。

但禮奈不是那種會隨便說謊的人。

既然她有必須在這個場合說謊的理由，那在這裡順著她的說詞離開，才是比較明智的選擇。

「喔，那我走嘍。」

「嗯。好好享受海邊吧。」

「當然。那就晚點見。」

禮奈臉上帶著愧疚的笑容，對我點了點頭。

在轉身離開之前我跟那月對上視線，收到一記媚眼。總覺得這個舉動是在表達「禮奈就交給我吧！」的意思。

我一邊感受著從背後投來的好幾道目光，一邊沉思起剛才的那件事情。

禮奈一見到佳代子之後，做出的反應像是沒想到會在這裡相遇而不知所措。

……難道那兩個人的關係不太好嗎？不，既然有那月在，那個場面應該沒問題才對。

「你～幹嘛一臉陰沉的樣子啊！」

這時屁股受到一小陣衝擊，讓我不禁喊出：「好痛！」

我回頭一看，只見彩華半瞪著眼抬頭看我。

「早啊。難得你今天這麼早起呢。」

「對啊，我很了不起吧。」

「是是是。那你已經點完名了嗎？」

「咦？」

我眨了眨眼。這時彩華先是皺起眉間，才嘆了一大口氣。

「我說你啊。藤堂有找你幫忙吧？『start』全權交給藤堂跟你負責管理，拜託你振作點啊。」

她的這句話總算讓我想起藤堂對我下的指示。

「死定了！我還沒點名！」

「真是的。不過還有點時間，沒關係啦。」

我看了一下時間，預計再過十五分鐘就要離開校舍。現在去點名的話，還能不慌不忙地帶隊前往停車場。

「好險……那我先回到大家集合的地方去了。」

「等等。」

在我正要走掉的瞬間，她拉了拉我的袖子。

「嗯？」

「你接下來都是跟禮奈分開行動嗎？不跟她一起行動沒問題嗎？」

「沒問題，而且她現在跟那月的朋友們一起。我要是待在那邊反而礙事。更何況要融入四個女生的小團體難度也太高了。」

「這……也是啦。如果藤堂也在應該另當別論就是了。」

「等等，我總覺得現在被妳小看了。」

「藤堂比較受歡迎是理所當然的吧。我又不是在小看你。」

「是沒錯！確實是這樣沒錯啦！」

看著因為得不到想聽的話而跺腳鬧脾氣的我，彩華傻眼地笑了。

「笨蛋。我——」

話才脫口，她就閉上嘴了。

「妳怎樣？」

「……沒、沒怎樣。」

「為什麼不講啊，很讓人在意耶。」

「我不知道。沒事就沒事。快去點名！」

彩華使勁推著我的背，我也一邊抵抗一邊朝著沙發區走去。

一來到「start」的成員聚集的地方之後，彩華一個轉身就不知道走去哪裡了。

背後感受到的溫暖，還鮮明地殘留在上頭。

第7話　月見里那月

在四月中旬的迎新時期，兩大戶外活動同好會的人氣很高這件事，已經在大一學生之間廣為流傳了。

在眾多同好會裡被譽為最大規模的，就是「Green」跟「大洋」。

彷彿只要加入其中一個，就等同於保證能過上光鮮亮麗校園生活。

既然這麼受歡迎，說不定我也能藉機矯正自己本質上陰沉的個性。在這個想法的推動下，我決定向其中一個同好會繳交出志願表。

——從名稱的由來推測，應該是山跟海吧？

在許多人面前穿泳裝感覺滿害羞的，就選「Green」好了。

就是在這麼未經深思熟慮的狀況下，我約禮奈一起來參加「Green」的迎新。因為我沒有自己一個人行動的勇氣。

「同好會竟然還要審核，真厲害耶。會不會有面試之類的啊？」

禮奈的語氣難得這麼雀躍。

成為大學生之後過了兩週，我們第一次來到位於校內的咖啡廳。高中的時候都是以連鎖店為主，但上了大學就能開發許多會出現在ＩＧ上的那種時尚咖啡廳。不過沒想到大學校內的咖啡廳都這麼漂亮。

儘管沒有像是會在ＩＧ看到的那種內部裝潢，但拿出來的菜單全是跟其他地方有著一線之隔的品項。

受到禮奈心情影響，我也很難得地興奮起來。

「這些菜單也是，真不愧是大學呢。我們都撐過大考了，面試絕對比較簡單啦！」

「呵呵，也是。聽那月這麼說，我也比較有自信了～如果可以一起加入同好會，想必會很開心吧。」

高三那時，當我發現想考的學校不一樣，其實感到滿失落的。

即使只有同好會也好，如果可以再像這樣待在一起，也滿開心的。而且我對女子大學很感興趣，有禮奈在的話也比較容易進去參觀。

「禮奈覺得女子大學怎麼樣？還開心嗎？」

我語帶雀躍地這麼一問，禮奈的表情今天第一次沉了下來。

「嗯……感覺是滿自在的吧？不過學校沒有男生，還是會覺得有點寂寞。」

我聽了這句話，忍不住噴笑出聲。

若是旁人聽到她這麼說，或許會以為她是個特別喜歡男生的人。
但高中時跟她當了三年摯友的我，可以聽出禮奈的真心話。
「討厭啦，妳為什麼要笑我！」
「抱歉抱歉，沒有啦，我能理解啊。」
禮奈喜歡具備自己所沒有的東西的人。
當然無論是誰多少都有這樣的傾向，然而我覺得禮奈的這一點特別顯著。我不知道她對此有沒有自覺，聽到她對於男生私底下做了一個女生外貌排行榜這件事，感想竟然是「好可愛」的時候，我真的嚇了一跳。
「所以說妳在女子大學沒有什麼新的發現嗎？」
我這麼一問，禮奈面露苦笑。
「也不能這麼說。感覺好像會有不好的發現，有點可怕。」
「是陰險的勾心鬥角事件嗎？就算學校沒有男生，還是會有那種事情喔？」
「我也不太清楚。但那些直升上來的人，都是一副千金小姐的樣子。有種會觀察大家一舉一動的感覺，讓人喘不過氣來。」
「天啊……換作是我可待不下去。」
「等等，妳安慰我一下好嗎。但我也是既來之則安之啦。」

禮奈一邊寫著申請書，用帶著一點擔憂，也有些期待的語氣這麼說。我想無論是誰，面對新生活時都是抱著不安，卻也心懷期待。

如果可以確保同好會這個屬於自己的小天地，就好的意思來說，也能區隔開來。我也覺得能為禮奈的校園生活帶來加乘效果，所以我想順利加入這個同好會。

「那月，妳在發呆。」

「啊，沒有啦……我只是在擔心佳代子啦。主要是在擔心她身邊的人。禮奈，妳可要握緊佳代子的牽繩喔。」

「對我來說太難了啦……」

「跟那個時候一樣就好了啊。」

我隨口這麼說。

佳代子雖然不帶惡意，卻會放肆地大鬧一場。

完全是個標準的外向個性，她的內在兼具了我所沒有的膽識及對朋友的愛。

但也因為愛得太深沉，曾一度惹火過禮奈。

自從禮奈在那時揚言：「不跟妳當朋友了。」之後，禮奈就成了佳代子心目中最不能惹毛的對象。她那副認真的表情就連不是當事者的我，也覺得自己好像做了什麼壞事一樣，感慨著要是惹火平常個性溫和的人才是最恐怖的，讓我留下深刻印象。

禮奈大概也是回想起當時的事情，只見她微微噘起了嘴。

「那是佳代子不對啊。竟然在校慶逼我穿上奇怪的衣服，而且還是在我請假沒去上課的時候擅自決定的耶。」

「嗯嗯嗯，但妳說不當朋友，對她來講很有效喔。就算我這麼說了她也不會當真，那可是專屬禮奈的武器呢。」

「我才沒有打算拿這個當武器呢。何況佳代子也跟我約好，不會再做那種事情了。」

「是妳逼她約好才對吧？妳意外地有著可怕的一面呢～」

禮奈鼓起雙頰，捏了我的上臂。我知道自己最近變得滿肉感的，因此喊著：「哇啊！」並閃開她的動作。

「我現在很胖，所以禁止捏我！」

「咦？才不會呢。手很細，很令人羨慕啊。」

聽她這麼說，我也鼓起了雙頰。高中時，我們做了一個約定。

「欸，不是約好了，在我面前不要說場面話。」

女生之間聊天的時候，難免會說些場面話。畢竟這樣的方法明顯能讓人際關係更加圓滑地發展下去。

但跟親近的朋友就不來這一套。

過去我跟禮奈相互立下了這樣的誓言。所以我們摯友的關係才會持續到現在。

大概是聽我這麼說而想過那個約定，禮奈坦率地點了點頭。

「也是呢。那月，妳胖了點喔。是不是拉麵吃太多了？」

「啥啊啊啊妳這個臭女人——！」

一句難聽到我自己都嚇一跳的話脫口而出，伸手猛抓住禮奈的胸部。當我享受著這柔軟的觸感，禮奈便做出投降的姿勢說著：「不、不要這樣啦，對不起嘛！」這時我也回過神來，放開禮奈。

這裡是隔著一張桌子的沙發座。不但有隔間，而且還是在店內的角落，雖然不會被其他人看到，還是有點太過火了。

「變、變態。」

禮奈壓著自己的胸部朝我瞪過來。

如果我是男生，大概一秒就淪陷了吧。但如果是男生，在交往前也不能這麼做就是了。

——手中傳來柔軟的觸感。

「哇啊！」這時聽見一聲驚呼。

晃動的身體，麻痺的腰際，從窗外傳來車子行進時的轟隆聲響——

「嗯？」

當我睜開雙眼，首先看見的是稍微高出座椅的後腦勺。

接著是坐在旁邊的禮奈。她表情有些僵硬地注視著我。

「對了，是在旅行途中啊。」

我發出了呆愣的聲音。

「Green」跟籃球同好會的共同旅行。三天兩夜的行程才剛開始，我就爆睡了一陣子。

「那月，妳睡昏頭了嗎？」

「有點。夢到以前的事情。」

「哦。竟然會想摸別人胸部，還真是奇怪的夢呢。」

「啊哈哈，抱歉。但妳看，我瘦了吧。」

這麼說著，我將自己的手放在禮奈的腿上。上臂比一年級的時候更結實了。

為了這趟旅行，我之前努力減肥了。雖然不是因為在這個同好會有喜歡的男生，但這算是身為女生的自尊心以及單純的期待。換上泳裝的時候，希望自己能維持在最佳的體態。

禮奈也勾起微笑，輕輕捏了我的上臂。

「真的耶。一段時間沒有摸，變了真多。」

「對吧！禮奈怎麼樣呢？」

「我也有在努力喔。」

「唔……講得好像最近一直都有持續在努力一樣……」

「是沒錯啊。」

「竟然肯定了……但禮奈真的很厲害耶，這樣男生想必會一秒淪陷吧。」

我露骨地朝著禮奈的胸部看去。

眼角餘光瞥見窗外流逝著的景色突然減緩下來，應該是已經快要開到高速公路的出口了。

「各位～大概再十分鐘就會抵達了喔！」

小彩從最前面的位子向大家宣告。

本來各自在聊天或玩遊戲的同好會成員們「喔——！」地齊聲應道。

我也姑且高舉起手之後，重新面向禮奈。

禮奈跟平常一樣臉上帶著沉著的表情並喃喃地說：

「一秒淪陷啊……」

從她的語氣能聽出那個人在禮奈心中依然很有存在感。

我當然知道。只要在她身邊，馬上就能知道禮奈還是對那個人有所留戀。

但我從來不會提起這件事情。

既然是禮奈自己得出的答案，我也會尊重她。當禮奈說「我沒有劈腿」的時候，我完全不管她這麼說的正當性，直接站在她這邊。我不知道就摯友來說這麼做究竟對不對。但我想要一直都是禮奈的同伴。

「如果能這樣就好了呢。」

我小聲地這麼回應。

這時前面的座位探出一顆頂著金髮的頭，朝我們這邊看過來。

吉木佳代子。

跟我們念同一所高中，上大學之後把頭髮染成明亮的金色，有著辣妹般的外貌。跟我們兩個不一樣，是個宛如把社交能力點好點滿的人，現在已經跟這輛巴士裡其他「Green」的成員打成一片了。我當初可是花了整整一年的時間。

不過這裡對我來說本來就不是契合的環境，這也沒辦法就是了。

也多虧克服了這點，最近漸漸覺得跟人說話其實滿開心的。無論任何事情只要換了環境，就不知道會產生怎樣的作用。加入「Green」這個同好會的行動帶來的是正面影響，真是太好了。

如果禮奈也願意一起加入，那就更棒了。迎新那時，聽當時是大三的學長姊在談論外貌審核這件事，禮奈就放棄了申請。

雖然我不知道這跟高中生做外貌排行榜有哪裡不一樣，但只要牽扯到利害關係，她好像就無法接受了。

不過，這也是在我決定加入同好會之後，她才跟我坦言的事。我問她：「為什麼不事先告訴我呢？」禮奈回答：「因為妳之前說過想要改變自己。即使手段有點粗魯，我想妳會有所改變。」之後更補上一句：「反正要是覺得不舒服再離開同好會也沒差。」

禮奈之所以會參加這趟旅行，原因應該也包含了「Green」在樹跟小彩的影響之下產生很大變化吧。但我也隱約覺得並不僅此而已。

「佳代子，瑞希呢？」

聽見坐在佳代子身旁那個人的名字，我將注意力拉回來。面對禮奈的提問，佳代子動作誇大地搖了搖頭。

「她睡著了～都已經快到了，害我在抵達前一刻變成孤獨一人了。」

「是妳害她累了吧。」

「那月說的也有道理，等一下妳要記得跟人家道謝喔。」

「妳們是我的監護人喔！」

佳代子這麼吐槽我們，隨後便看向禮奈。

「所以說，妳們剛才在聊什麼？」

「咦？」

禮奈簡短的回覆，感覺帶了一點焦急。她大概沒跟佳代子提過悠太的事吧。

不過佳代子應該也知道禮奈跟男朋友分手了。她如果聽到我們剛才的對話，就算察覺到這一點也不奇怪。

……也算是幫悠太圓個場，換個話題應該比較好吧。

我一邊這麼想，便開口說道：

「我們在聊男生看到禮奈的泳裝是不是會感到開心。佳代子，妳買了怎樣的泳裝？」

「我喔～當然是很刺激的那種！」

「我約妳的時候有說過在這方面不要太高調吧！」

意料之外的回答，讓我不禁苦惱起來。

畢竟大家一眼就能看出她是我約來的，所以佳代子要是失控了，傷腦筋的可是我。

「啊哈哈，開個玩笑嘛。畢竟是那月邀約我的，帶來的也是普通泳裝啦。」

佳代子滿不在乎地這麼回答，還聳了聳肩。

嚴格來說是用悠太的同好會名額參加的，但沒必要跟她說得這麼詳細。

還是盡可能隱瞞他是禮奈前男友這個事實比較好。

不然就會像我之前那樣，一心只為禮奈著想，很有可能變成和他相處起來十分尷尬。如此一來，禮奈肯定會不開心。

但從我們的對話中就能得知，佳代子就連悠太長怎樣都不知道。我也因為完全不用擔心會被察覺，才約她參加這場旅行。

……不過禮奈一臉不安的樣子，讓我覺得莫名在意。

確定佳代子再次跟瑞希聊起來之後，我悄聲詢問禮奈：

「禮奈。難不成佳代子……已經見過悠太了嗎？」

禮奈反應十分好懂。先是抿了嘴，而後才重重地嘆出一口氣。

「……有見到短短的一瞬間吧。就是……剛分手不久的時候。」

我不禁大大地張著嘴。

那可說是最糟糕的時間點。沒想到竟然在他們結怨最深的時候巧遇。

「抱……抱歉。我以為他們絕對沒有見過面。早知道就先跟禮奈說一聲……」

本來是想給禮奈一個驚喜，卻完全造成反效果了。

「別這麼說，我也知道那月是想讓我開心啊。」

禮奈垂著眉笑了。

接著，她朝著窗外看去並喃喃地說：

「我想……應該是不記得了吧。」

車窗外緩緩流逝的景色不是老舊的建築就是翠綠的樹木。一邊眺望著眼前遠離都會塵囂的場所，禮奈淺淺地嘆了一口氣。

那並非擔憂般的嘆息。

感覺像是做出某種決定，將擔憂拋諸腦後般的嘆息。

「禮奈，妳現在在想什麼？」

閃亮的太陽光線照進車內，反射在眼鏡的鏡框。

在我看來，禮奈的雙眼在轉瞬間似乎有些動搖。

巴士轉了半圈後開始倒車。眼前是矗立在老舊街區當中，一棟十幾層樓的飯店。在飯店入口前停車之後，大家也紛紛下車。

「那月、禮奈，我先下車嘍！」

這時傳來佳代子活潑的嗓音，我也對她揮揮手作為回應。

當我抽回視線時，禮奈跟平常一樣面帶柔和的微笑說：

「很期待去海邊玩呢。」

「——對啊。」

我也笑著回應，隨後從座位上起身。我一邊走在狹隘的通道上，腦中一邊想的是跟在背後的禮奈。

她就是這麼不會敷衍人啊。

第8話　泳裝

放眼望去，這一帶是整片遼闊的金黃色沙灘。
湛藍的海面上反射的太陽光閃閃發亮，可以看見海天一色的光景。
一陣海風猛地吹來，讓我忍不住閉上眼睛。
再次睜眼時，剛才那般可以眺望水平線的景色已消失無蹤。
混凝土道路沿線上整排都是海之家（註：日本海邊的各種店家），而會合的地點就是位在角落的「力」。
現在正值中午，是日曬最強的時段。「Green」的成員們好像還沒解散，說不定也是為了要避開這道陽光。
——不，應該不是吧。
穿著涼鞋踢著路邊的小石頭，我換了個想法。既然來到海邊了，大家應該都想盡快在這片海濱上跑來跑去。想必是因為需要一點時間點人數及吃午餐。
自己想通之後也暢快了些，我重重地吸了一大口氣。

平常感受不到的海潮香氣掠過鼻腔，在我的肺裡循環。

位於縣境附近的這片沙灘儘管規模不小，或許是知名度不如那些度假勝地，因此來這裡游泳玩樂的遊客並沒有像都會區那麼多。

然而海邊有一整排各式各樣的小店，旁邊緊鄰著擁有一大片草地的海濱公園，可以玩的地方相當豐富。

要不是有「Green」介紹，我們也不會發現這個地方，得好好感謝他們才行。

完成飯店的入住手續之後，我現在是一身海灘褲的裝扮。

雖然肌膚被曬得有些發燙，換上泳裝之後，這種感覺也滿舒服的。

身體迫不及待想趕快衝進那片大海裡了。

「還沒來嗎～」

我不禁這麼碎唸。

正好是中午時分，其他來海邊的遊客也為了吃午餐而紛紛上岸。

剛好是這附近人潮比較少的時段。我實在很想不等約好的人過來直接衝去沙灘，但還是強忍下來了。要是被目擊那樣的場景，真不知道之後會被說成怎樣。

當我正想聯絡一下對方並翻找口袋，這才發現自己忘記將手機帶在身上。都來到海邊了這也是理所當然，如此一來至少有好幾個小時都會被隔離在數位的世界之外。

又吹來一陣海風，我不禁露出微笑。

……不知為何，手機不在身邊感覺也滿不錯的。

正當我這麼想的時候。

「悠太學長！」

很適合大海的活潑嗓音，喊出了我的名字。

「志乃原妳總算來了——」

——比基尼。

宛如單細胞般的感想掠過我的腦海中。

畢竟我也是個男人。今年第一次看到泳裝的對象，竟是容貌姣好的學妹，腦海中會被這三個字占據一點也不奇怪。

志乃原的泳裝是深一點的粉紅色。

胸部下方跟泳褲上面那條黑色的線，更是提升了妖豔的氛圍。

黑線還延伸到荷葉邊肩帶的地方，每當志乃原一有動作就會隨之晃動起來。那感覺就像在強調：「我可不是小朋友喔！」令人莞爾一笑。

話雖如此，這肌膚裸露的面積，比至今我看過任何一套志乃原的衣服都還要大。

比基尼遮住的部分確實是一般程度，我已經完全看慣她穿平常的衣服及家居服的樣子了，現在露出來的腰部曲線跟胸口看起來是有些刺激。

如果在室內，看起來跟只穿著內衣褲差不了多少，但在海邊，這才是女生的正式服裝。

看著志乃原穿泳裝的樣子，我很想再度稱讚自己居然至今都沒有對她做出邪佞的行為。

尤其是她第一次突然跑來我家那時，以及陪著我睡覺的那天。

……那個時候大部分的肌膚都被遮住真的是太好了。

「欸嘿嘿～學長看到入迷了嗎？」

志乃原露出竊笑並抬眼看了過來。

「唔……」

說出一如她預料中的回應讓人有點不爽，但我發現志乃原的臉頰有些泛紅。於是我無可奈何地開口。

反正就算我說了不痛不癢的感想，她一定也會不聽人講話就說著「重來！」吧。

「哎呀，那個，反正……很可愛，也很漂亮。」

「呼欸。」

志乃原發出了傻傻的聲音。

我好像都能聽到「轟」的音效了。

她那抬眼看過來的視線，眨了好幾次眼。

「謝……謝謝學長。」

「呃……喔。」

「……學長，你會在這種時候當面稱讚我，真的很棒耶。該怎麼說呢，感覺令人心跳加速。咦，呃……」

志乃原就像不知道自己究竟說了什麼似的，微微張著嘴連話都說不清楚。

……看她這麼害羞地低下頭去，我也不知道該做何反應。

「話、話說回來，大家都在哪裡啊？」

我換了個話題，將視線從志乃原身上撇開。

雖然我盡可能不要讓自己想太多，但一開始就跟她獨處的情況下實在很難不去想。要是直接注視志乃原，視線會從她的臉看到脖子，再從脖子看到胸口——忍不住會循著本能游移。

在事情變成這樣並被她發現之前，我想先跟大家會合。

然而志乃原用帶著熱意的語氣回答：

「大家都還在角落那邊吧。舉例來說，我們之間大概是日本跟巴西的距離喔。」

「這樣啊……」

「為什麼一副嫌棄的樣子啊！」

「我也不是嫌棄好嗎！」

跟志乃原兩人獨處也只是暫時的。我們接下來要在海之家購買大家的午餐，而後再跟「start」的成員們會合。

乍看之下這裡好像只有在賣刨冰跟章魚燒而已，但這一整排總共有超過二十間攤位，當中應該會販售一些讓人耳目一新的食物吧。

長達五百公尺的混凝土道路上林立著海之家，包含我跟志乃原在內總共四位成員分成兩組採買午餐，集合地點是跟海水浴場隔了點距離的海濱公園。

我們會在草地鋪野餐墊，並在那邊吃飯，就像到海邊享受野餐的樂趣。

混凝土道路的正中間有一條通往公園的路，負責東側的我們得盡快朝著那邊前進才行。

「學長、學長！」

「幹嘛啦？」

「學長穿泳裝也很好看呢！」

「男生穿泳裝有什麼好不好看的嗎？」

「有啊。畢竟是平常不會看到的打扮嘛！」

「是嗎？妳不是很常看到我只穿內褲的樣子嗎？」

她一星期來我家三次也是原因之一，我想應該有被她看過三四次了吧。對男生來說那也不會少一塊肉，所以我都沒有放在心上就是了。
志乃原大概也回想起那些記憶，嘆了一口氣。
「是這樣沒錯，但你好意思這樣講耶……不過我也習慣學長的言行舉止了……」
「喂，不要說得好像我很奇怪一樣！」
「我就是這個意思！這樣的對話立場是不是跟平常相反啊？我知道了，學長來到海邊，所以很嗨吧！真是的～怎麼這麼可愛。」
「那我們走吧。」
「我希望你多少能做出一點反應！」
我快步向前走去，志乃原一邊抗議一邊跟了上來。
肩膀的荷葉邊在視線一隅微微晃動。要是一個閃神，視線會不禁像是受到引力牽動一樣往志乃原那邊看去。
這時，志乃原猛力抓住我的手臂。
接著就像燙到一樣立刻鬆手，然後握住了雙手。
「幹嘛啦？」
「沒有啦，那個……我們現在是照著藤堂代表的指示去買午餐沒錯……但面對這片沙灘，我總覺得好像有點殘忍耶。」

……說真的，我也萬分認同。

因為在巴士裡什麼都沒吃的關係，長時間的路途下來已經讓我餓到前胸貼後背了。然而想要就此奔向大海的心情，甚至凌駕在食慾之上。

「……頭髮不要弄濕應該就不會被發現，妳不覺得如果只是身體泡泡海水，應該勉強能過關嗎？」

「……不知道耶。要試試看嗎？」

聽到我的回應，志乃原的雙眼都亮了起來。

「就算是闖紅燈，兩個人一起衝過去就不會怕！」

「走吧！」

「耶——！」

志乃原脫掉涼鞋，在混凝土的地面上跑了出去。

沙灘吸收了陽光而發燙著。就算踏出腳步身體也會不規則地下沉，跑起來相當困難。

然而海潮的氣味越來越近。

海浪的聲音也越來越近。

光是如此，再多的氣力都能從身體不斷湧上。

志乃原在斜後方精力充沛地說：

「學長，絕對不可以跳進海裡喔！」

「廢話！」

從乾燥的沙灘來到被海水打濕的沙灘。

跑到湛藍的大海時，我轉身看向志乃原。

只見小惡魔般的學妹帶著滿臉笑容，用雙手捧起海水朝我潑了過來。

◇◆

搶先下水玩了大概十分鐘左右。

我們再次走在混凝土的道路上。互相潑水玩了好一段時間的我們，連頭髮都弄得濕答答的。

雙手抱著滿滿的塑膠袋，志乃原誇張地搖了搖頭。

「頭髮濕掉了啦，學長。怎麼辦？」

「是妳先潑我水的吧！」

「反正學長的頭髮那麼短，很快就乾了啊！我頭髮這樣絕對會被發現啦，要用什麼藉口才好啊？」

志乃原重重地大嘆一口氣。一時興起而互相潑水玩了起來，似乎讓她感到後悔了。我想大家應該不會在意，但志乃原才剛加入「start」不久，或許會覺得有點尷尬。

「沒差啦，就算被發現也只是被大家笑一笑而已。但很有可能會被拿來戲弄一番就是了啦。」

「嗚嗚……我的淑女形象……」

我很想說：「大家打從一開始就沒有對妳抱持那種形象喔。」但想想還是把話吞了回去。這不是對一個會幫我提東西的學妹該說的話。

最後，午餐買到防水錢包已經空蕩蕩了。除了一定要買的日式炒麵跟炸雞，還有章魚燒、花枝燒、紅燒鯖魚以及大量的薯條。甚至還有可麗餅跟巧克力香蕉。幫我拿一半的志乃原，還得將塑膠袋抱在胸前才有辦法保持平衡。

「話說回來，東西都貼在身上……感覺很對不起大家。」

「別擔心。男生會很高興。」

「變、變態！」

「再多稱讚一點吧。」

「這才不是稱讚！」

志乃原賭氣地撇過頭去。

大概是因為這樣讓她再次體認到手中的重量，只見她噘起嘴來。

「是說學長，我們絕對買過頭了吧？我記得藤堂代表說『買幾個看起來不錯的東西』才對喔。」

「不不不，包括我們在內只有兩組人去採買耶。既然是三十人份，買這樣差不多吧。」

如果一組人負責十五人份的食物，就得買足夠的量才行。

然而志乃原在聽了我的說詞之後，像是想通了一般嘆一口氣。

「唉，所以才會買這麼多啊……學長，確實只有兩組人在這邊負責採買，但這是指我們負責在海之家採買的意思。藤堂代表說，有另外準備一般的午餐餐點喔。」

「咦？我怎麼沒聽說有這種事！」

如此衝擊的事實讓我不禁大喊出聲。

我姑且算是主辦方的成員，為什麼沒被告知這件事情啊？志乃原流露出憐憫的眼神。

「這附近有超市，隔了一點距離的地方還有另一處海之家。一半的人會去那邊採買，另一半則是去占位子以及做各種準備。來到沙灘前面的海之家採買的人，就只有我們跟大輝、琴音而已。」

「妳說……什麼……」

我在海之家採買時就在懷疑了。有些店家甚至沒有做外帶，卻要由兩組人馬買齊三十人份的午餐，是不是有點太艱難了。

我跟志乃原分頭去買，結果買了一堆感覺可以填飽肚子的菜色。

這個行動似乎完全適得其反。

回過神來我雙手拿滿了採買的食物。志乃原幫我拿了好幾樣，一感受到那個重量她也不禁目瞪口呆。

順帶一提，志乃原只買了可麗餅。

「我們買了這麼多，大家可能會吃不完耶。尤其是女生，應該不想吃太多東西喔，畢竟現在穿著泳裝。」

「但我又沒聽說這件事……才會以為只靠我們兩組人買齊大家的午餐。」

到時候，藤堂跟大輝戲弄起我來一定相當得心應手，以琴音為首的女生們大概也會對我喊倒讚吧。

……既然如此，也只能自掏腰包拚命道歉撐過去了。

當我這麼想的時候，志乃原突然停下腳步。

「啊，死定了。這麼說來學長那時候好像是去上廁所的樣子。」

「……喂。妳該不會……」

「我好像有主動說要通知學長這件事。然後藤堂代表也說那就拜託妳嘍……的樣子。」

志乃原畏畏縮縮地看向我，吐了吐舌頭。

「欸嘿。」

「很好我要去舉發這全都是志乃原害的。」

「學長對不起嘛請陪我一起道歉好嗎我才剛加入同好會不久而已耶拜託你幫幫忙啦！」

「講話喘口氣啊，很可怕耶！我知道了啦！」

前往海濱公園的路就近在眼前。在跟大家會合之前，我想先決定好要怎麼道歉。

志乃原暫時放下一部分的東西，活動一下肩膀。

我一邊看著雙手提著的日式炒麵跟章魚燒，一邊思考。

「你們在那邊做什麼啊？」

這時傳來一道凜然的聲音，我跟志乃原同時朝著聲音傳來的方向看過去。

眼前那個人戴著墨鏡，穿著水藍色的連帽外套。

儘管只能稍微看到眼睛，但我馬上就知道是誰了。

「彩華，妳為什麼會在這裡啊？」

「哎呀，這招呼還真有禮貌喔。」

彩華拿下墨鏡，聳了聳肩。

這動作看起來有模有樣的，讓我不禁覺得就像個藝人一樣。

穿著寬鬆版型連帽外套的彩華將拉鍊拉到最上面，並將墨鏡掛在胸前。

肌膚裸露的程度看起來並沒有像梅雨季時穿連帽外套那樣。

然而大腿就——

「學長是在看哪裡啊！」

「唔喔！」

志乃原從身後伸出雙手猛地遮住我的眼睛。

她的動作粗魯到我以為自己要瞎了。耳邊還傳來塑膠袋窸窸窣窣的摩擦聲，非常惱人。

然而接著傳來的觸感，徹底打消了那種不爽的感覺。

也就是抵上背部那豐滿的——

「你是碰到人家的哪裡啊！」

頭頂直接被狠狠地打了一下。

接二連三沒道理的對待讓我發出一陣悶聲。

真希望她們能將這視為男人無法抗拒的欲求放我一馬。

「是說，你們怎麼拿這麼多東西啊？」

為了回答彩華語帶驚訝的提問，我掙脫了志乃原的束縛。

彩華定神看著我們手上一袋又一袋的食物。

志乃原的腳邊有好幾袋塑膠袋，我手上也是。

彩華聽我說明事情的原委之後，便伸手抵著下巴思索。

「哦～原來如此。嗯，我想想……」

彩華沉思低吟一陣子之後，輕輕拍了手。

「拿你沒辦法耶，我們跟你買下來吧。應該也會有人想吃點海之家的小吃吧。」

「真的假的！出外果然就是要靠彩華耶！」

「真的嗎！出外果然就要靠彩華學姊！」

「你們真的很現實耶……」

彩華傻眼地笑了笑，而後轉過身去。

「那我去跟藤堂說明一下。我會請大家挑一下你們應該吃不完的部分，之後我們再跟你們買吧。這樣你應該就不至於要自掏腰包了吧。」

「太棒啦！真的超感謝妳幫了大忙！」

「算你欠我一筆喔。如果我們遇到什麼狀況可能就要拜託你了。」

「沒問題，交給我吧。」

既然是彩華幫忙解圍，「start」的成員們也會馬上接受吧。深感放心的同時，我一邊望著彩華的背影。

寬鬆版型的長罩衫衣襬蓋到大腿中央附近，從後方望去無法看出彩華的身材。但路過的人目光都會被彩華吸引，讓人足以體認到她這番壓倒性的存在感。

吹拂的海風讓彩華的一頭黑色長髮隨之飄逸。

穿著長罩衫應該是想預防紫外線吧。但這種穿著感覺反而很悶熱。

我在意地向她問道：

「彩華，妳穿那件外套不會熱嗎？」

「怎麼，你希望我脫掉嗎？別擔心啦，等一下就給你看。」

「我、我又不是那個意思！」

我連忙否定。

彩華的一句話讓志乃原朝我瞪了過來。為什麼要瞪我啊？

「喏。大放送。」

聽到這句話我將視線轉回來，就看見彩華很乾脆地脫掉連帽外套，並脫到肩膀的地方。

接著轉過身來，讓我不禁睜大了雙眼。

「哇啊……」

彩華的泳裝是白色為底的布料，上面交雜著水藍色線條的比基尼。

從脖子到小腿的身體曲線既優雅又婀娜，堪稱黃金比例的肉感更是兼具了妖豔的魅力。

畢竟高中時看過她穿連身泳裝的樣子，現在甚至讓我覺得感動。

沒想到穿上與連身泳裝有著一線之隔，感覺更加強調女性魅力的泳裝之後，破壞力會提升到這種地步。

但要是直接把這個念頭說出口，不用思考都知道她們肯定會退避三舍，因此我得換個比較安全的說詞才行。

然而最後脫口的，依然是男生會有的坦率反應。

「長大了……」

「學長，你這個反應好噁……好噁心喔。」

「妳剛才是不是一度打算換個說法？為什麼還是直接說出來了啊？」

「因為我很不爽！」

「理由太直接了吧！」

我從志乃原身上移開視線，再次看向彩華。

「總之，妳穿這套泳裝很好看。遇到有人搭訕時要小心點喔。」

這麼說著，彩華也紅著臉微微點頭。

「謝……謝謝。」

「呃，喔。」

明明那麼乾脆給我看泳裝，她的反應卻比平常還要羞澀。

當我心感費解的時候，身旁傳來碎唸的聲音。

「從背後轉身過來的破壞力大增，沒想到還有這招啊……不，但我剛才那樣應該也沒有失手才對……」

「妳在說什麼啊？」

「請不要管我啦！」

「為什麼要生我氣！」

要是繼續在這邊聊下去，可能又會遭受到不合理的對待。

我開口想改變話題，但先說話的是彩華。

「真由。」

「啊，是。」

「我小看妳了。妳穿這套泳裝很好看嘛。」

「呼嘿。謝……謝謝。那個，彩華學姊也很好看。」

志乃原可能是感到有些意外，只見她愣愣地眨了眨眼。

兩人之間流淌著難以言喻的難為情氣氛。

雖然很在意要是繼續這樣沉默下去會變成怎樣，但為了感謝她們讓我大飽眼福，我開口打破了沉默。

「這麼說來，女生在下海玩的時候，化妝都是怎麼處理的啊？」

「咦？啊，這個嘛，有不容易脫妝的化妝品喔。這麼說來，彩華學姊是用哪個呢？」

彩華聽了志乃原的提問便回過神來，重新穿好連帽外套。她將拿在手上的墨鏡戴在額頭上，像是要重整心情一般用開朗的語氣回答：

「我只有同時使用防曬乳跟粉底而已，沒有上其他妝喔。」

這麼說著，彩華朝我走了過來。

「東西拿來吧。我幫你提。」

「不用，沒關係啦。這是我們的東西，而且總不能什麼事情都要麻煩妳吧。」

「客氣什麼啊。」

右手的東西被她提走之後，一口氣輕鬆了許多。

彩華接著走過我身邊，朝志乃原伸出手。

「來，真由的也是。應該很重吧。」

「咦？這樣好嗎？」

志乃原儘管有些顧慮，還是將少數幾個塑膠袋交給彩華。她其中一手拿著六個袋子，志乃原只遞出了其中兩個而已。

這個舉動也被彩華用一句：「沒關係啦。」拒絕之後，將東西全都拿走了。
志乃原口齒不清地喃喃回應。感到害羞的心情讓她講得很小聲，但我能聽見是在道謝。
彩華沒有對此做出回應，便離開志乃原身邊，朝著海濱公園的方向走去。
要越過我走到前頭時，彩華的側臉看起來似乎柔和許多。
「……妳們很要好嘛。」
在她走到我前面時，我小聲這麼對她說了一句，彩華的臉微微泛紅。
「……煩死了。」
或許她一開始叫住我們的原因，也是想幫忙志乃原吧。
我對此感到很高興，並勾起了嘴角。

第9話　忠告

在海濱公園吃午餐真的是一段相當快樂的時光。

一開始是藤堂向大家打招呼，還一同舉行了志乃原的歡迎會，時間轉眼間就過去了。

現在大家都吃著為了消暑而準備的小黃瓜代替甜點，咀嚼時四處發出清脆的聲音。

由於時間也差不多了，我打算回收一下遮陽用的遮陽傘，並伸出了手。

就在我的手抓上遮陽傘中間的棒子時，底下傳出責難的聲音。

「學長～再讓我休息一下啦！我還動不了！」

「真由說得對。有點吃太多了啦。」

志乃原跟琴音紛紛摸著肚子，呼出長氣。琴音本來就是比較能吃的人，我可以理解她的意思，但志乃原才剛說出：「不想吃太多東西。」這種話而已。

拿出來的食物好像全都塞進胃裡了，不知道是不是錯覺，四人份的便當好像是被她們兩個人吃掉的吧？

「志乃原剛才跑去海裡玩過了，但琴音妳還沒吧？下海很舒服喔。」

「是沒錯啦。但我這次是來負責監督大家的。藤堂交付給我的工作，就是要看有沒有男女太過放肆而做些愛做的事啊。」

「愛、愛做的事……」

「不要問了，志乃原。琴音就是這種人。」

我嘆了一口氣，將站立式的遮陽傘折疊起來。琴音發出「啊啊！」的嬌嗔並甩動起手腳。這個舉動讓她豐滿的胸部晃來晃去的，我的目光也不禁被吸引了過去。

「……學長。」

「不是……！那個彈力……不對，是引力……」

我語無倫次地辯解起來。畢竟琴音那副魔鬼身材可是不輸寫真偶像的程度。

總覺得到處都能感受到男生投來的視線，應該不是我的錯覺吧？

琴音雖然說要防堵男女做些愛做的事，但老實說，我覺得琴音最該注意的是她自己。然而這也得不到諒解，志乃原一直對我投來責怪的視線。

看著我們這樣的互動，琴音咯咯地笑了起來。

「你真是個罪惡的男人耶。竟然不滿足於真由，還把歪腦筋動到我身上。看樣子我今晚可要小心點了。」

「啊～並不是妳想的那樣。」

「學長你不要否定得這麼乾脆啊！」

我放棄認真回應這兩個人，朝著藤堂那邊走去。

琴音雖然一臉穩重的樣子，但動不動就會開口說出黃色笑話。害我擔心起志乃原會不會被她影響。

這時還能聽見她在我身後說著：「真是無情啊～這下子我也明白真由妳那樣說的意思了。」之類的話。

志乃原那傢伙到底是跟琴音灌輸了什麼啊？

「悠。謝謝你幫忙回收遮陽傘。」

「喔。已經要去海邊玩了吧？」

「早就想去了。抵達的時間晚了一點就先吃了午餐，但這個決定好像不太好。」

藤堂露出苦笑。這個小動作又是帥氣到令人火大。

直挺挺地站在藤堂旁邊的大輝有種心不在焉的感覺，目光直直地注視著琴音。看來剛才感受到的視線是出自大輝。大輝他肯定想留在有琴音在的地方。

「沒辦法了。我去拜託琴音發號一下施令。」

如果是琴音一聲令下，以大輝為中心的男生們應該都會被煽動才是。女生只要由副代表美咲去叫一下，應該就會順利動起來。

「我去拜託琴音！悠太，你去美咲那邊吧。」

「是是是，我知道了。」

大輝露出潔白的牙齒咧嘴一笑，喊著：「琴音～！」並朝她那邊跑去。

「那傢伙是不是復燃了啊？」

「與其說是復燃，應該是一直都很喜歡她吧。」

藤堂這麼答道。

同好會成員間的戀愛並不稀奇，然而不一定會高調公開。我在內心替大輝加油時，藤堂說道：

「那你要怎麼辦？」

「咦？」

「維持現狀嗎？」

他的語氣很平靜。周遭的人開始慢吞吞地做準備，總覺得若是不給出回答，我就無法離開這個地方。

「……我──」

「不，還是算了。我去干涉這件事也很奇怪。」

藤堂勾起嘴角，開始摺疊起野餐墊。

「你也去叫美咲快一點吧。各方面來說都是。」

「好。」

離開藤堂之後，我踏著涼鞋發出啪躂啪躂的聲音來到美咲附近。

美咲察覺到我來了，便緩緩站起身。

「我想說可能差不多要被罵了。叫大家集合對吧。」

「對～妳馬上就懂真是幫了大忙。我還被提點在各方面來說都要叫妳快一點。」

美咲在轉瞬間停下動作，並重複一次：「在各方面來說啊。」

在我做出回應前，美咲已經跑到大家身邊，開始用精神飽滿的聲音發號施令。

現場的氣氛總算提振起精神來了。

除了籃球之外，這個同好會基本上都是很慢才會動起來。

頓時無所事事的我轉頭朝著大輝看去。

跟琴音談笑風生的大輝看起來笑得很開心的樣子。

◇◆

我用盡全身的力氣劃開透澈的大海。

承受著越潛越深而帶來的水壓，讓我的頭感覺有些沉重。
無視肺部渴望著氧氣的欲求，我用手指翻弄著沙子。
——找到了。
指尖感受到扁平的粗糙表面，挑戰了兩三次後才捧了起來。
單手拿著好不容易到手的小盒子，我翻轉了上半身。
朝著反射耀眼陽光的水面前進幾秒之後，我回到了晴空底下。
「悠太，這邊！」
「好！」
我將小盒子丟往聲音傳來的方向，「咚」的一聲落在大輝的眼前。他立刻捧了起來，用自由式游向「start」等待著的沙灘。
這時響起更大的歡呼聲。
樹在大輝身旁約十公尺左右的地方開始游起蝶式。彩華在他身後探出了水面，並對樹送上聲援。
「衝啊，樹！要是輸了就開除你這個代表喔！」
不知道他有沒有聽見這樣可怕的威脅，但樹漸漸追了上去，甚至跟大輝並行了。
一抵達淺灘，兩人都上氣不接下氣地拚命跨步前進。那月跟一個金髮女生則是手中握著終點線。

率先衝破終點線的，是「Green」的代表——樹。

「可惡～！竟然輸了！」

一抵達沙灘，我便以大字形的姿勢躺了下來。

這是「start」對上「Green」的小盒子接力賽。

只是個單純的遊戲，找出事前放在海底的小盒子，由率先抵達終點的那一方獲勝，但可能是同好會之間的對決，整體氣氛意外熱絡。

而且勝者可以優先劈西瓜，這個賭注也起了很大的作用。

「呵呵呵，怎麼樣啊？剛才就放話了說我會贏吧！」

晚了一步抵達沙灘的彩華俯視著我，挺起胸膛。

我立刻撐起上半身強烈抗議道：

「我比較早找到好嗎，我跟妳的比賽可是我贏了喔！」

「這是團體賽，所以是我贏了！」

「說要跟我比個人賽的是妳吧！」

我這麼說完，這次換朝著大海的方向大字形往後倒下。

結果在張開嘴的瞬間就被海浪襲擊了。

「嘎噗嘎噗咕噗！」

「啊哈哈，好奇怪的聲音！」

「我以為海在更遠的地方……」

誤判距離感，害我吃盡苦頭。

當我撐起上半身咳個不停的時候，藤堂跟琴音也上到岸邊來了。

他們是為了掌握小盒子的放置處而安排的中立人員。

琴音悠哉地說著：「輕飄飄地浮在海上好舒服喔～」藤堂則是說著：「輸了啊……」一副難得失落的樣子。

「如此一來我們也只能看著他們劈西瓜了吧。」

我大嘆一口氣。

無論附近的超市或海之家，都沒有在賣一整顆完整的西瓜，也因此挑起了這場競賽。彩華跟藤堂同時盯上最後一顆西瓜，才會突然決定這場遊戲。

贏得勝利後，彩華用一臉得意洋洋的表情說著：「你就眼睜睜看著我們劈西瓜吧。」說完前去慰勞樹了。

這場遊戲各隊要選兩個人，分別負責尋找跟搬運，當中又是唯一一個女生的彩華受到

「Green」同好會成員們異口同聲的讚賞。

當我恨恨地望著眼前的光景，大輝來到我這邊。

「我搞砸了……」

「哎呀，這也沒辦法。樹的速度太快了。」

我這麼安慰他時，突然間抖了一下身體。因為我看到美咲踏著沉重的步伐朝我們靠近。

「快逃吧。」

我站起身，趕緊跑向大家聚集的地方。

身後傳來大輝被痛罵一頓的聲音，我在內心對他合掌。

美咲對待大輝的態度總是很強硬。同好會的人幾乎都有察覺箇中原因，但大家都很有默契地刻意不去干涉。

這次我看見一道人影對我猛揮手。

志乃原跑到距離同好會成員聚集的圈子十幾公尺外的地方稍作休息。

她怎麼會自己一個人待在那邊啊？

「志乃原。妳身體不舒服嗎？」

「咦？為什麼這麼問？」

「不是啊，因為我看妳一個人待在這裡。」

從志乃原融入周遭環境的程度來看，我還以為她不會有這樣獨處的空間。
大概是看穿了我的想法，志乃原咯咯地笑了起來。
「討厭啦～學長。這是故意的喔，故意的。總是會有想要自己一個人沉澱一下思緒的時候吧，這裡可是海邊喔。」
「正因為是海邊我才會擔心啊。但既然這麼有精神就沒事。」
這麼做出結論後，我便在志乃原的身邊坐下。
因為沙灘凹凸不平的關係，身體有些傾斜，結果靠得比我想像中還要近。
志乃作勢要稍微讓出一點空間，結果還是留在原地。
「學長，辛苦你了。真的很可惜呢～」
「到中途為止還是我們領先呢。」
「啊哈哈，所以大輝才會被罵嘛。美咲進入超生氣模式。」
「畢竟那傢伙最期待玩劈西瓜了。」
我稍微提高語調說道。
本來提議要玩劈西瓜的人就是美咲，這點想必是錯不了。
志乃原聽我這麼說也點點頭。
「不過美咲會去糾纏大輝應該也有其他理由吧。」

「……為什麼這麼說？」

「我在想，美咲應該喜歡大輝吧。」

雙手抱膝坐著的志乃原，一邊這麼說著，一邊將手肘抵上膝蓋撐著臉頰。壓下去的力道把臉頰擠了一點出來，像個嬰孩一樣泛著紅潤色彩。

我對志乃原的這番話感到意外。

「看來妳也開始懂得這些事情了呢。」

我若無其事地這麼低語。

一道特別大的海潮聲傳入耳中，而後餘音漸漸褪去。

「……好像是呢。」

這句簡短的回應使我朝她瞥了一眼。

撐著臉頰的志乃原像是在遙望遠方一般，接著開口：

「學長。」

「怎樣？」

這時，四周響起了一陣歡呼聲。

在隔了十幾公尺的旁邊，彩華將西瓜放在海浪打上來的地方。那渾圓的西瓜就算從遠方看去也知道真的很大一顆。

收回視線之後，只見志乃原嘛起了嘴。

「怎樣啦？」

「……在這裡還是算了。學長，我們去旁邊看吧。」

志乃原站起身，一步步地向前走去。

當我默默看著她的背影時，志乃原又朝我轉身過來。

「拜託你跟上來啊！」

「抱歉，我本來想再多休息一下。」

「彩華學姊一定會說：『參加接力賽的人不能不來參觀喔！』在被她罵之前，請快點跟上吧！」

志乃原雙手抓住我的右手，使勁地拉過去。

「放手啦。」

「登愣──」

「不要把狀聲詞唸出來！」

在沙灘上踩著不穩定的步伐前進了幾十秒，來到兩個同好會成員圍在一起的地方。

我們在一旁望著他們為劈西瓜做準備，過了幾分鐘後，看樣子是由猜拳贏到最後的那月獲得劈西瓜的權利。

「我去對面那邊一下。」

「咦？學長，那你什麼時候才要跟我說西瓜跟哈密瓜的差別啊！」

「那種小事隨時都能說吧！而且想也知道是差在顏色跟味道好嗎！」

我這麼吐槽一句，便往前邁進。

志乃原雖然發出不甘願的聲音，但在之後過來的琴音安撫之下冷靜許多。真不愧是大四的學姊，具備連志乃原也能包容的母性。

兩個同好會共幾十個人一起圍成半圓。剩下的人沒有關注劈西瓜的遊戲，各自享受著在海邊玩的樂趣。在有許多「Green」的人聚集在一起的地方，有一道人影。

將一頭暗灰色的髮絲在後方綁成一束的禮奈，目光正看向那月。

「禮奈。」

我喚了一聲，禮奈便朝我看過來，笑出了酒窩。

「啊，悠太。剛才辛苦你了。」

「謝啦。」

我站到她身旁，禮奈雙臂交叉，胸部變得更加搶眼，讓我不禁撇開視線。

「那月被選去劈西瓜了呢。」

「這應該很難得吧。說穿了，我很意外她會自願參與這樣的活動。」

「她最近好像有點改變了。但我不知道她自己有沒有注意到就是了。」

那月讓彩華遮住眼睛時，可能是覺得緊張，只見她的嘴緊抿成一條線。志乃原也喊著：

「那月加油～！」替她送上聲援。

那幅光景讓禮奈深感興趣，開口問道：「那兩個人本來就認識嗎？」

「好像是喔。聽說是打工的前同事。」

「哦。世界真小啊。」

禮奈感慨地說出這句感想，接著沒再開口。

與圍成半圓的喧囂形成對比，我們之間陷入一陣沉默，原因我心知肚明。

我一直欲言又止，但還是下定決心開口說：

「……這套泳裝很適合妳。」

禮奈的泳裝是純黑色的比基尼。

大概是那漆黑的色彩吸收了陽光，更襯托出她一身白皙的肌膚。她如雪一般的肌膚在大熱天底下的大海看起來有對比的感覺。

發現從脖子上沁出的一串汗珠流到雙峰之間時，我暫且撇開了視線。

「……謝謝。總覺得有點害羞就是了。」

「真的很好看啊。」

「我不是這個意思。你想，這裡人這麼多。」

……原來是這樣。

在這個有許多素未謀面的異性在場的狀況下，會感到害臊也是理所當然吧。即使我為了緩頰說她大可為這副身材感到更加自豪也很奇怪。

「但既然得到了悠太的稱讚，我穿這套泳裝也值得了。感覺比去年更成熟了，對吧？」

禮奈低下頭，鬆開抱在胸前的雙手。

去年。當時還在交往的我們，一起去的那趟第一次也是最後一次的旅行。

那時候禮奈穿的是淡紫色配上白色圓點圖樣的比基尼。

「之前那件也滿成熟的喔。現在則是更成熟的感覺。」

「這樣啊。不知道是不是有所成長了呢？」

祖露的上半身帶來的刺激太過強烈，我只能一邊悄聲回應：「大概吧。」並搔了搔頭。

「妳玩得開心嗎？」

「嗯。大家都很親切，還算可以。偶爾參加一下這種活動也很不錯呢。」

「聽妳這樣說我鬆了一口氣。不然一直擔心邀請妳來，要是玩得不高興該怎麼辦。」

「呵呵。你真愛操心。」

——劈啪！

伴隨著西瓜被劈碎的聲音，四周揚起一陣掌聲及喝采。

禮奈莞爾一笑，眺望紅著臉拿下遮眼帶的那月。

「好想吃西瓜喔～」

「咦，你不能吃嗎？」

「畢竟我們輸了嘛。遊戲規則就是這樣。」

「我的份分給你吃吧？」

「不，不用了。那樣就不能以身作則了。」

如果拿出手機認真去找，大概還是可以買到一、兩顆西瓜。但如果沒有徹底嘗到敗北的悔恨感，這場勝負也沒什麼意義了。

正因為認真以待，之後的遊戲也才會玩得更加有趣，為了讓晚上要玩的康樂活動能辦得更加熱絡，現在得強忍下來才行。

這時禮奈對著這麼想的我勾起嘴角。

「到沒什麼人去的地方就沒差了吧。我在海濱公園的角落等你喔。」

禮奈這麼說著，便走向那半圓的中心處。

搶在我回答之前先跨步前進，去向彩華領取西瓜。

不知不覺間穿上黑色長罩衫的彩華一看到禮奈，就將一塊感覺比其他人都還要大上一點的西瓜交給她，並和睦地笑了。

我沒辦法確認禮奈的表情。

即使如此，總覺得她們之間的心結好像在不知不覺間解開了……我希望這不是我的誤解而已。

既然是我難以介入的關係，那也只能祈禱了。

不過我還是思考一下要不要加入她們的對話，就在這時……

「欸。」

一道語氣平靜的聲音叫住我。

回頭一看，是個將金髮燙捲的女生。她在幾小時前，跟那月還有禮奈一起行動。

「呃。妳是禮奈跟那月的朋友，對吧。」

「嗯。你是羽瀨川悠太同學吧。」

總覺得聽人叫出全名有點不自在，但我還是肯定地說：「是沒錯。」

「不用加上稱謂啦。」

「那我也是，你直接叫我佳代子就好……跟我來吧？趁現在，快點。」

「咦？為什麼？」

「別問那麼多。」

佳代子語氣冷淡地催促著，率先向前走去。

我只好不甘願地跟在語氣堅定的佳代子背後。

畢竟是禮奈的老朋友，我總不能置之不理。

也可以隨便開個玩笑婉拒她，但我也不希望因為那樣降低了她對禮奈的評價。

唯獨「趁現在」這句話讓我很在意。簡直就像在避開誰一樣……雖然這樣的人物，我也只能聯想到禮奈而已。

我們前進的地方，從沙灘變成混凝土道路的緩坡。

我這才發現涼鞋放在沙灘上忘了穿過來。踩在混凝土道路上，太陽的熱度透過腳底傳來，更重要的是如果踩到垃圾就太危險了。

「抱歉，我可以去拿涼鞋過來嗎？」

「咦？嗯——希望你可以忍耐一下耶。」

「那會受傷吧。妳也是穿個鞋子比較好。我去年就踩到塑膠垃圾——」

「那是指你跟禮奈去旅行時發生的事嗎？」

佳代子用力瞇起她那雙三白眼。

她突然停下腳步，抬頭朝我看過來。

「你啊……」

就在佳代子開口的瞬間，一道尖銳嗓音傳了過來，像是要打斷她的話一樣。

「佳代子，妳在做什麼？」

朝著聲音傳來的方向看去，只見禮奈端著放了西瓜的盤子站在眼前。她大概是一路跑來的，感覺還有點喘。

由於禮奈的介入，佳代子露出「糟了」的表情。

「早知道就別停下來了……」

「佳代子，我有說過要妳別靠近他吧。」

「但因為是妳的前男友……」

「嗯。但我還是有說過要妳別靠近吧？」

「那時我可沒有回答妳。」

佳代子朝我走了過來，在極近距離抬頭看著我。

總覺得那不是會對第一次見面的人流露出的眼神，我開始思考起來。

——以前有見過她嗎？

那頭齊瀏海，以及讓人覺得個性好像有點難親近的三白眼，似乎在哪裡見過。

「只要看過『那時候』的禮奈，就會讓人想干涉這件事好嗎。」

這個瞬間，一月那時的光景在腦海中浮現。

……我想起來了。

她從一頭黑髮染成金色讓我完全認不出來，像這樣對上眼，就喚醒了在內心深處沉睡的記憶。

我跟禮奈分手之後，第一次重逢那時。

跟彩華一起到購物中心買東西的途中巧遇，但不曉得事情原委的彩華把禮奈趕走了。

——就是那時，站在禮奈身後的朋友吧。

我記得當時的佳代子對於彩華辛辣的態度露出了困惑的神情。雖然就時間看來，這只是在轉瞬間發生的事，但這段記憶深深地刻印在我的腦海裡。

佳代子直直地看著我。

比起女大學生那種華美的感覺，給人的印象更接近辣妹。

「好久不見。」

聽她這麼說，我便輕輕地點頭示意。

不知道她對我有著怎樣的認知？我想肯定是負面的，而且這也是我應得的報應，不過禮奈恐怕無法容許在這裡起爭執吧。所以她剛才才會那樣說。

為了不讓局面演變成那樣，現在必須息事寧人才行，但我能從佳代子的雙眼中感受到明確的敵意，因此或許很困難吧，我也不禁在內心嘆了一口氣。

「別這樣。」

禮奈上前制止了佳代子。

「怎樣？那時候的妳消沉到不行，原因就出在這個人身上吧。當時跟他走在一起的女生還以一副同好會中心人物的感覺參加這趟旅行，禮奈到底為什麼會來到這個地方啊？」

佳代子直截了當地提問，禮奈傷腦筋地緊閉上嘴。

「這件事那月也知道。我們已經和解了。」

「和解？什麼鬼啊。」

佳代子輕輕笑了笑，重新看向我。

「甩掉女朋友的人，事到如今不要再來誆騙禮奈了。女生的時間不多，年輕的時光很有限。禮奈，前男友不值得妳浪費這麼多寶貴的時間。」

「這——這也是由我自己判斷的事。」

「就是因為妳做了錯誤的判斷我才會這樣講。我之前就有跟妳說過了，還是趕緊放棄前男友比較好吧。」

佳代子狠狠瞪著我並開口說：

「這個人到底哪裡好了？就由我來拿掉禮奈的有色眼鏡吧。」

「佳代子，我要生氣了喔。」

禮奈用冰冷的語氣給佳代子忠告。

佳代子感覺有些害怕的樣子，視線也重回到禮奈身上。

「禮、禮奈……」

「我無論如何絕對不會後悔。同樣的話不要再讓我說第二次了。」

禮奈用強烈的口吻這麼強調之後，拉了我的手。

她單手拿著的西瓜有些不穩地晃了晃。

「走吧。」

「等——」

我才剛開口，又再次閉上嘴了。

讓她等一下又能怎樣？

要妥協表示佳代子說得沒錯，硬是打圓場嗎？還是要直接向佳代子辯解一番？

無論如何，最後都只會引導至對禮奈來說不樂見的結果。

既然禮奈盡可能避免讓我跟佳代子直接對話了，乖乖順從她的意思恐怕才是比較聰明的判斷吧。

這些我都知道。然而儘管明白，我無論如何還是難以按捺下來。

「等一下。」

我在離開了幾公尺的地方，再次這麼說。

禮奈停下腳步之後，緩緩轉過身來。

「你還有什麼話要跟她說的嗎？」

「有。妳讓我自己去找她吧。」

我直直地注視著禮奈。

禮奈看向我的視線，第一次出現了想推測我想法的意思，但那雙淡紫色的眼睛接著漸漸恢復了溫暖。

幾秒後，禮奈嘆了一口氣。

「只給你一分鐘。要記得回來找我喔。」

「謝謝。」

我轉過身朝著佳代子跑去。

佳代子應該是一直眺望著我們的背影，當我漸漸地逼近時，只見她先愣了愣，接著就像要逃走一樣直接轉身。

「等、等一下啊，喂！」

「不要，對不起是我太囂張了！我跟你道歉就是了，對不起請不要侵犯我啊！你這個變態——」

「等等！這種話可不能拿來開玩笑耶！」

要是被她這樣大喊，別說是向她辯解了，我恐怕會面臨社會性死亡。

我用上的速度絕對是更新了最近的紀錄，總算是追上她了。

為了不讓她逃走，我抓住了她的雙肩讓她轉過身來，佳代子喊著：「咿——！」並撇開了視線。

「我不會讓禮奈後悔。」

就這麼一句話。

鬆開她的雙肩之後，佳代子也眨了眨眼。

她總算恢復了冷靜，緩緩地瞪著我。

「……你說什麼？」

「我不會讓她後悔。」

「不可能。」

果斷地這麼回答之後，佳代子輕輕彈了一下我的肚子。

雖然一瞬間我說不出話來，但依然不改我堅毅的態度。

若非如此，我想幾乎是第一次見面的佳代子應該不會相信我。其實不論佳代子是怎麼想的，對於結束這趟旅行之後不會再跟她見面的我來說，或許沒什麼關係。

然而禮奈就不一樣了。

如果一再被佳代子這樣提出忠告，讓禮奈感到不舒服的話——她們之間的友情也會往不好的方向發展。

儘管佳代子語氣強硬，但現階段來說她是替禮奈著想才會提出忠告……就算有個萬一也不能失去的友人。

更何況佳代子不但是禮奈的老朋友，還念同一所女子大學。

我現在要是就這麼得過且過，不僅是禮奈跟佳代子之間的關係而已，恐怕還會給禮奈跟她生活周遭的關係帶來影響。

我實在沒辦法眼睜睜看著事情發展成那樣。既然禮奈沒有要順從佳代子的忠告，我也只能讓佳代子認同我們現在的關係了。

「我確實是禮奈的前男友。但我們已經認真談過了，雙方也都認同才會以這樣的關係繼續相處下去。無論周遭的人怎麼想，我們都接受了這樣的現狀。」

「接受又怎樣？這無法構成不會後悔的證明。」

「如果我們自己得出的答案造成失敗的結果，那也會是成長的基石吧。」

「少說那種漂亮話了。」

佳代子瞇起了雙眼。

輕輕拍掉我放在她雙肩上的手，佳代子的目光似乎有些出神。

「……我也有過相同的經驗。因為對前男友依依不捨，他一約我就會開心地飛奔過去。結果就是……這樣被他玩弄了一年。當我試著提起復合的話題，社群平台的帳號立刻被他封鎖好友，什麼也沒有留下。我就是對於自己得出的答案極度後悔，怎麼樣？」

「這……」

有些男生會利用前女友的眷戀，隨心所欲地玩弄對方，這種事時有耳聞。而且總數還明顯比高中時多了更多。

佳代子強調自己正是那種關係下的受害者，所以她才會想阻止禮奈踏上跟自己相同的道路吧。

「我之所以會落得一無所有，確實也是因為自己愚蠢到將前男友的約定視為最優先事項。所以嚴格來說，禮奈或許不會像我這樣。但最近的禮奈——完全不到同好會露臉。除此之外，還有太多地方跟之前的我很像。」

聽佳代子這麼說，我暗自感到驚訝。

確實，最近禮奈在「start」的活動日露臉的次數變多了。我本來以為只是因為日程上剛好有空才會來，沒想到比起禮奈自己的同好會活動，她更以我們這邊為優先。

面對這樣的狀況，我很能理解佳代子將禮奈與過去的自己重疊的心情了。

佳代子咬了咬下唇，繼續說下去：

「短短一年……也能說是長達一年。雖然不是毀掉了一切，但確實浪費了時間、金錢，以及精力。就算是自己做出的選擇，不行就是不行。因為戀愛就是潛藏著讓自己無法做出正常判斷的危險。你不覺得現在的禮奈，正是如此嗎？」

要是隨便附和或安慰她，甚至在此辯解都只會造成反效果。

我簡短答了一句：「這樣啊。」佳代子便露出自嘲般的笑。

「自從你跟禮奈以現在這種關係穩定下來之後，已經過多久了？接下來你還想要奪走禮奈多少時間？」

「我——」

一開口，我又閉上嘴了。

……不要忘記一開始的目的。

就算回答了佳代子提出的所有問題，也不知道能不能博得她的信任。

想在有限的時間中得出最佳結果，首先就該從一定要確保下來的重點開始處理才行。

我如此斥責自己，再次向佳代子強調：

「抱歉。我這麼做，或許確實是在奪取妳朋友的時間。但我也自認能夠理解從旁人的眼光來看會怎麼想。」

佳代子眨了眨眼。

我一開口就逕自說出了這些話。這是我沒有特別去顧慮什麼所說的真心話。我想著說不定正因為如此，才會有特別打動人心的地方，並順從自己的欲求娓娓道來。

「但是……對我來說，禮奈是很重要的人。她一定也是這麼看待我的。所以，我們兩個正在一起尋找。」

「……尋找什麼？」

「彼此都不會後悔的關係。」

我跟禮奈已經重新開始了。

也就是說，這個答案應該存在於某處。

我正在摸索這件事情。而禮奈則是……

「那可以解釋成也存在復合這個終點嗎？」

佳代子這麼問。

儘管她的眼神中帶著質疑，但像剛才那樣的厭惡感已經少了許多。

「那不是要在這裡談論的事情。」

我坦率說出內心的想法，佳代子便皺起眉間。

要說戀愛是人類最為纖細的情感也不為過。正因為如此，無論是怎樣的答案都不能先向第三者透露。

佳代子或許也得到相同的結論，她說著：「也是啦。」嘆了一口氣。

「我覺得要不後悔是不可能的。所以相對的，你要答應我一件事。」

與自己的經歷重疊的佳代子，可能是在思考的途中回想起討厭的記憶，只見她好一段時間沉默地盯著我的身後。

禮奈一定站在那視線的前方。

一分鐘應該早就過了，但禮奈大概察覺我們還沒講完，在一旁靜靜等待吧。

我在內心感謝她這樣的舉動，等著佳代子說下去。

「你一定要真誠對待禮奈。」

至此，佳代子的表情第一次變得柔和了許多。

「如此一來，我想你們在未來的道路上總會找出意義吧。」

佳代子真的很重視禮奈吧。

若非如此，沒辦法為了他人露出這樣的表情。

面對禮奈的朋友，現在的我只能做出一個回應。

「……我會真誠地對待她。唯有這點我不會妥協。」

而且我本來就是這樣打算。

佳代子像是在腦中反芻我這句話而沉默了一陣子，才總算給出回覆：

「……嗯。拜託你了。」

佳代子朝我逼近過來。那雙深邃的黑色眼睛直直地盯著我。

「我祈禱你不是像我前男友那種人。」

以前禮奈曾說過：「我朋友沒有很多。」

既然有個這麼替她著想的朋友，我覺得那也足夠了。

朋友不在於人數多寡。

既然有個打從心底支持禮奈的人在身邊，無論在哪一條道路上前進，一定都有人陪伴著她。

禮奈也是遇到很多貴人，像是那月跟佳代子。

「……有個這樣的朋友，真的很令人感激呢。」

「你身邊也有像我這樣的人嗎？」

佳代子這麼問我。

我一度將浮現在腦海中的臉驅趕出去，平靜地回答：

「嗯。」

「也就是說，你應該就像禮奈所講的，不是一個壞人吧。」

佳代子先是嘆了一口氣，對我輕輕低頭。

「對不起。是我太失禮了。」

「沒關係啦，知道禮奈有個這麼好的朋友，我也覺得很開心。」

「被我這個第一次見面的人說得一文不值，還能做出這樣的回應，就代表你是真的有在替禮奈著想吧。」

佳代子拍掉沾到身上的沙子，接著說：

「我知道了。那我這就回去繼續找對象。這樣感覺就能坦率地享受這趟旅行了。」

「妳是為了這個來參加旅行的啊？」

「因為遲遲忘不了前男友，真的很痛苦嘛……戀愛真的很討厭吧。對於軟弱的我來說，既是藥，也是毒。所以我才會這麼擔心禮奈。」

佳代子繼續說了下去：

「接下來將成為我男朋友的那個人，說不定只不過是被捲入我失戀的陰霾裡而已。明知如此我卻還是無法罷手，所以其實我也沒資格對你說這些自以為是的話呢。」

「妳是為了禮奈才說的吧。無論妳談的是怎樣的戀愛，都跟這點沒有關係。」

面對露出自嘲笑容的佳代子，我這麼回應。

佳代子先是眨了眨眼——在短短一瞬間展現出溫柔的笑。

「——看來你也一樣軟弱呢。」

「……」

「有些事情只有當事人才知道吧。我也是在經歷——」

話說到一半，佳代子搖了搖頭。

「說太多也只會自找麻煩吧。總之，要是禮奈有個萬一，我一定會飛奔過來找你，你可別忘了。」

佳代子朝我看了過來。

結果她突然間愣住了，立刻躲到我的身後。

轉身一看，只見禮奈帶著滿臉笑容朝我們走過來。

「好……好可怕。」

我不禁喃喃說道。背後也悄聲傳來一句：「死定了，我太得意忘形了。」這樣充滿絕望感的聲音。

原本個性內向的禮奈好像從高中開始結交了許多朋友，或許是那個時候發生了什麼足以讓佳代子怕成這樣的事情吧。

就算真有這回事，我也確信罪魁禍首應該是佳代子。

像佳代子這樣不將自己的想法明確說出來就不甘心的個性，跟我的學妹很像。

總覺得她們各自的立場也都一樣。

「佳代子？我跟悠太說好只能聊一分鐘，現在卻大幅超過時間了，絕對是佳代子妳的問題吧？」

「為、為什麼只怪在我身上啊？這個人也——」

「喂，不要甩鍋到我這邊來！」

「好歹兩個人一起承擔吧！」

「佳代子，妳不要躲在悠太後面。」

禮奈的警告讓佳代子閉上了嘴。

真不知道剛才的那股氣勢跑去哪裡了，佳代子對我投以懇求協助般的眼神。

一個這麼重視禮奈的朋友，我也不能對她棄之不顧。話雖如此，還是有點不甘願。

「禮奈抱歉，是我講太久了。不是佳代子的錯。」

「……你怎麼直接叫她的名字。」

禮奈眯眼瞪了過來，我的背部也被狠狠捏了一下。

佳代子悄聲對我抗議：「為什麼要叫名字啦……！」我反駁說著：「我又不知道妳姓什麼！」

這麼一講禮奈似乎也能理解，只見她的表情柔和許多。

「這樣啊。佳代子，妳有沒有對悠太說了什麼失禮的話？」

「嗯，反正最後還是會被發現我就先自首了，我真的對他超失禮！就連我自己都有點傻眼，真的很抱歉啦！」

「也是，妳一開始的口氣很差嘛。不過，看來悠太原諒妳了，那就算了。」

「嗯……以後我會多加警惕自己……」

總覺得垂頭喪氣的佳代子有點可憐，我朝著禮奈看去，結果發現她淺淺地笑看著這幅光景。

看來禮奈也明白，佳代子之所以採取這樣的行動也是為了自己著想吧。

「佳代子，那就晚點見嘍。」

「……嗯。」

禮奈對佳代子點點頭之後轉而面向我，再次拉過我的手。

「走吧？」

「呃……喔。」

儘管有些不知所措，我還是跟著她走了。

回頭一看，只見佳代子雙手合十地對我致意。

「……她是個很好的朋友呢。」

「對啊。是個很好的朋友。」

我們走出了傾斜的緩坡。

一抵達海濱公園，我也卸下肩膀的力道，覺得放鬆了不少。

看來我好像一直都滿緊繃的。

「佳代子的氣勢太驚人了。我感受到她是真的很喜歡禮奈。」

「我覺得她是個很好的人喔。美中不足的是偶爾會像剛才那樣就是了。」

禮奈傷腦筋地笑了。

說不定她以前也曾阻止過佳代子的失控行徑。

就禮奈的個性來說，想阻止那樣的氣勢應該要花費相當大的精力才是。

不過，回想起來剛才佳代子一副不寒而慄的樣子，害我莫名在意起禮奈當時是怎麼阻止她的。

「是說禮奈，妳跟佳代子之間發生過什麼事嗎？我看她好像很怕妳的樣子。」

「沒有啊，沒發生過什麼。」

「不不不……」

這樣講有點說不過去吧。

我至今都沒見識過禮奈那一面，應該算是幸運的吧。

我一邊想著這種事一邊走下斜坡，禮奈悄聲地說：

「對悠太來說，彩華或許就是佳代子之於我這樣的關係吧。」

我剛才也想到同一件事。之前我以為站在這種立場的人是那月，不過看起來，應該是佳代子比較接近。

那月在跟我成為朋友時或許也擬定了各式各樣的策略，但為了自己重視的人，即使是第一次見面的對象也能不畏他人眼光地直接槓上，這種行動力則是佳代子所擁有的。

在大家都會因為在意面子而難以做出實際行動的狀況下，她能那樣直接採取行動，實在讓我不禁熱血沸騰。

雖然這次我對佳代子來說是敵人，但確實感到滿開心的。

「……大概是吧。我剛才也這麼想了。」

「嗯。我們身邊都有貴人呢。」

禮奈抬頭看著我，露出微笑。

那是一抹讓人感受不到無謂較勁，既純粹又柔和的笑容。

佳代子說希望我能真摯地面對禮奈，就是表現出她想守護這抹笑容的心意吧。

我本來就會真誠地面對禮奈，不過這樣的心情更加堅定了。

涼爽的海風吹過我們之間，但在強烈陽光的照射下，身體又更發燙了起來。

感受到汗水一點一點沁出額頭，我用手背擦掉。

我直接坐在草地上，隨後禮奈也跟著我這麼做。

環繞在柔軟的綠草中，不知為何這種感覺彷彿回到了小時候。

「剛才佳代子說的那些話當中啊，有一點我很想反駁。」

「咦？」

禮奈伸出食指戳著我的手臂。

「我啊，或許是戴著有色眼鏡沒錯。」

禮奈對我流露出憐愛的神色。

「因為悠太一直都是這麼耀眼的景色啊……對我來說，就算是戴著有色眼鏡也沒關係。畢竟我就是感到這麼怦然心動。」

我倒抽了一口氣。

背對著太陽的禮奈看起來比平常更添奇幻的氛圍，也像是吸引了眩目的陽光聚集在自己身上。

這肯定是錯覺。

我清楚得很。

但我的直覺告訴我，禮奈的內心產生了某種變化，甚至讓我湧現這樣的感覺。

佳代子跟那月是不是也都跟我產生了相同的直覺呢？正因為有所感受，才會對我——

「吃吧？」

禮奈伸手拿起放在小盤子上的西瓜。

西瓜被劈成亂七八糟的形狀。

定神看了看之後，我吃進嘴裡。

無論形狀為何，還是又甜又好吃。

★第10話 幽會

在海邊玩了一整天，身體就好像揹了一個鉛塊一樣沉重。鹽巴黏在身上的感覺，細沙沾得全身都是，就連沒有特別愛乾淨的我都覺得不太舒服。

海之家的店家有提供付費淋浴，可以供人洗去髒汙。畢竟設有時間限制，我打算盡快洗一洗，沒想到蓮蓬頭的熱水還是洗到一半就停了。

因為熱水而凝固的沙子還黏在腳底。

我嘆了一口氣，再次投入百圓硬幣。

一想到女生應該要花更多時間，覺得多少能理解她們平時的辛勞了。

海水浴場跟飯店只有走路十分鐘的距離。

不同於都會區，在這裡看不到市中心主幹道那種大馬路，但到處都是車道。為此我得走過好幾個斑馬線才行，總覺得花費的時間超出這段距離。

不同於高中那時，現在不用特地在海水浴場點名一次，所以大家在各自把身體沖乾淨之後就可以直接回飯店了。因此隨處都能看見同好會成員們三三兩兩一起走在這段路上。

並沒有特別跟誰約好一起回去的我，自己一個人走向飯店。我完全不會為此感到寂寞。就算看到周遭都是兩三個人湊在一起一邊閒聊的光景，我也絕對不會感到寂寞。

「悠太。」

「有！」

精神飽滿地轉頭一看，只見禮奈驚訝地眨了眨眼。

「你自己一個人啊？」

「對啊。有遇見禮奈真是太好了。」

禮奈笑彎了眼，開口說：

「我也是一個人。兩個寂寞的人就要好好地一起回去吧。」

「就這麼辦。」

我勾起嘴角，跟禮奈並肩同行。腳步一邊啪躂啪躂地踩響涼鞋，一邊朝著夕陽西沉的方向前進，轉眼間就能看到飯店了。

離開海水浴場之後，看到了幾十輛車在路上來來往往。這附近完全不見住宅區，但受到這一帶蓋滿飯店的影響，在這裡行動的人數應該還滿多。

在道路旁邊，出現了一條兩側都蓋了混凝土牆的小路。寬度大概只能勉強讓兩個人並肩而行，小路像管子一樣蜿蜒，看不出來究竟是通到哪裡。

禮奈也朝那條小路看了一眼，總覺得很有趣。

「要走這邊看看嗎？」

或許是從我的視線當中察覺出了什麼，於是禮奈這麼提議。

「這……要嗎？如果是單行道，還通到奇怪的路感覺也滿討厭的耶。」

「但冒險也是旅行的醍醐味吧？」

「……聽妳這樣講好像也是呢。」

如果是跟志乃原或彩華一起，或許會讓我在內心燃起：「誰要跟著妳起鬨啊！」這種沒意義的對抗心理，但面對禮奈時我就能比較坦率。

我點了點頭，走向那條小路。

「走吧。感覺也滿有趣的。」

「嗯。Let's Go～」

禮奈高舉起一隻手，跟在我的身後。

我們還在交往時，也很常在約會途中像這樣到處走走。

禮奈這次會這樣提議，肯定也是因為有過許多次經驗的關係。

我朝著身旁看去時，不知道是否為心理作用，總覺得禮奈滿雀躍的。

晚餐時間是晚上七點半。從太陽西沉的狀況看來，應該還有一小時左右的餘裕。
「禮奈，妳有帶手機嗎？」
「當然有啊。悠太，你沒帶在身上嗎？」
禮奈驚訝地睜大雙眼。雖然想著沒必要這麼驚訝吧，我還是說了：「抱歉。」
結果禮奈用一臉格外認真的表情跟我說：
「這樣不行喔，得帶在身上。明天要記得帶手機喔。」
「呃，喔。」
「要是遇到什麼問題可就傷腦筋了。尤其你這次還有參與主辦。」
她能比平常更明確說出自己的想法，這點讓我很驚訝，但聽到這句話我就懂了。
她說得沒錯，既然身為主辦的一員，要比平常更容易聯絡上才對。
「也是呢。我有帶錢包啦……但不知道沙子有沒有跑進去。」
「那這個給你用。」
禮奈舉起掛在手上的束口袋。乳白色的布料上畫了一個大大的向日葵。
禮奈將收在束口袋裡的錢包跟手機拿出來之後，就交到我手上。
「這樣好嗎？沒有這個禮奈也會傷腦筋吧。」
「沒關係，我還有一個備用的。」

禮奈笑咪咪地勾起嘴角。

既然如此就恭敬不如從命吧。

「到時候洗乾淨再還妳。」

「嗯……一定要還我喔。」

「一定？真不信任我耶，絕對會還妳啦。」

「呵呵，不好意思嘛。」

禮奈露出淡淡的笑容。

「是說，你跟我借手機要做什麼呢？」

「對了。我想確認一下時間。」

聽我這麼回答，「唔。」禮奈簡短悶哼了一聲。

「悠太，你明明就有戴那支錶。」

「啊，對耶。」

我看向左手腕。因為平常都沒在戴錶，我現在還沒習慣看手錶確認時間。豈止如此，剛剛才從置物櫃裡拿出來戴上而已，還不小心忘記手錶的存在。

「唉～你都忘了啊。」

「抱歉抱歉。總覺得變成時尚飾品了。」

「說是飾品，也跟泳裝很不相襯耶。」

「真的很對不起！」

「真拿你沒辦法耶～」

禮奈開玩笑般這麼回應，然後笑出了聲。

她接著在無意間仰望天空。

我也同樣仰起頭來，體會著像要被眼前這片遼闊的茜色天空吸引一樣的感受。

兩道混凝土牆夾起的道路幾乎是直直一條而已。到處都有海之家的店家，擺放著兩人份的游泳圈跟海豚形狀的衝浪板之類。

尾端總算分成兩邊的岔路，我們也停下腳步。

一邊很明顯是通往飯店的路，甚至還很親切地設置標示。

「什麼嘛，結果還是通到飯店啊。」

禮奈這麼低喃的語氣聽起來似乎很惋惜。

但對我來說，只要看到沒見過的河川跟空地，就能感受到都會區所沒有的風情了。

「反正感受一下這裡獨特的氣氛，還算不錯啦。我們回飯店吧。」

「等等，好像有誰在講話。」

禮奈直直地伸出食指抵住我的嘴唇。我不禁沉默下來，的確聽見有人在講話的聲音。如果只是這樣那也一點都不稀奇，但正因為是耳熟的聲音才讓我感到驚訝。

我們留意著不要踢到小石頭，謹慎地在與通往飯店反方向的道路上前進。在轉角處只探出半張臉偷看，發現是令人感到意外的兩人。

「……是大輝跟琴音耶。」

就在他們身後幾十公尺的地方，立著一個老舊看板。

憑我的視力沒辦法連看板上的字都看清楚，便小聲地詢問禮奈。

「禮奈，那個上面寫什麼？」

幾秒後，禮奈尷尬地答道：

「休息三小時四千圓……」

如果正在喝水我肯定會噴出來。勉強嚥下了口水，想著要離開現場並向後退了幾步。

結果就這麼撞上禮奈的身體，在一陣手忙腳亂的時候聽見他們的對話。

「你想怎麼做？」

「不……我不是抱著那種打算才來到這裡。只是想散散步而已。」

「我不相信呢。你真是個壞孩子。」

從兩人的對話聽來，他們彼此都知道那塊看板所指的意思為何。按照大輝的個性，這可能真的只是偶然，但琴音似乎無法徹底信任他。

而且換作是平常，琴音應該也只會開個玩笑而已，但像這樣散發出莫名認真的感覺，或許也跟對象是大輝有關。

「原、原來這種地方也有賓館喔。」

「……畢竟從海水浴場走過來只要十幾分鐘，就地點來說算是不錯吧。」

我用有些沙啞的聲音這麼回答身後的禮奈。

這是不能撞見的現場。我一邊這麼想，打算轉過身去，就看到禮奈身後出現熟悉的人物。我在內心……不，我是真的不禁抱頭苦惱。

「你們在做什麼啊？」

彩華一臉費解地站在那裡。

志乃原也從她身後探出頭，並拋來這樣的問題：「學長跟禮奈，就你們兩個嗎？」那恐怕是會被大輝跟琴音聽見的音量，因此我連忙伸出手摀住志乃原的嘴巴。

「姆咕……！」

「呃，與其說是在做什麼……總之妳們安靜點，要是被發現就尷尬了。」

見我皺起臉來，彩華意會過來，嘆了一口氣。

「原來如此。這次姑且是標榜健全旅行，所以還是希望不要有人靠近這種地方……但那好像是新開的，也沒辦法。我們也是今天才發現。」

彩華抓著我的手，解放了志乃原。不知不覺間，志乃原一副快死的樣子。

「咳呼，差點就被學長殺害了……」

「啊，抱歉。」

「我的命也太不受重視——！」

這次換彩華堵住志乃原的嘴。

她被摀住還口齒不清地想抗議，但彩華宛如教誨般的說：「要是被發現就糟了，知道嗎？不知道的話妳一輩子就只能這樣了。而且我的意思是妳這一生就剩下六十秒左右，知道嗎？」嚇得志乃原立刻安靜下來。真不愧是前隊長。很厲害對吧？

彩華從志乃原身上抽回了手，重新面向我。

「在那邊的是我們的人嗎？」

「不，是『start』的。」

「那這裡就交給你處理了吧。」

現在藤堂不在場，這是最好的做法吧。

志乃原才剛加入同好會而已，禮奈跟彩華甚至不隸屬於「start」。

「……他們應該馬上就會回來了吧，總之我們先離開好了。」

這麼說著，我朝著投宿的飯店走去。

戀愛是他們兩個當事人的問題。

身為局外人的我們，還是不要介入這麼敏感的場面比較好。大輝雖然有被拒絕過，但他這個人並沒有爛到會採取強硬的手段。

我向她們說著：「走吧。」隨後打算跨步向前走去。

跟過來的是兩人的腳步聲——兩人？

回頭一看，只見彩華伸手扠腰陷入沉思。她接著淺淺地嘆了一口氣，像在道歉般對我舉起了一隻手。

「抱歉。我還是裝沒事去露個臉看看。」

「咦！」

在我阻止她之前，彩華就踏著發出聲響的涼鞋，朝著大輝他們所在的巷子走去。

當我連忙追上去的時候，卻發現只有彩華一個人站在那裡。

「……走掉了。」

「……大輝，真的假的……」

我站在彩華身邊眺望著眼前的賓館。外觀色彩繽紛，有著滿滿的度假感。

遠遠看還感覺不太出來，但一進到巷弄內，獨特的氣氛所營造出來的，正是「那種氛圍」。

「不過……嗯。如果不是採取強硬的手段就算了……你認為呢？」

「那倒是不會。感覺應該是大輝碰巧走到這條巷弄，然後琴音也開始戲弄他，講著講著就……」

不過從剛才他們的互動來看，會出現這個結果還真是意外，不知道是不是大輝的單戀開花結果了呢？

真是如此就好了。

「……那就好。我只是想以防萬一而已。」

彩華不知道那兩人剛才的互動，才會採取行動吧。早知道我就上前阻止她了。

在我感到後悔時，彩華還在原地眺望那棟賓館。

「我們回去吧。」

「你是跟禮奈兩個人一起回來的嗎？」

「咦？」

「啊，沒有啦。只是你們會經過這條巷子嚇了我一跳。」

「碰巧遇到啦。然後就剛好撞見這個現場了。」

「是、是喔。」

彩華呼出一口氣，朝著志乃原跟禮奈所在的方向走去。

我們四人會合之後，志乃原露出滿臉笑容。

「學長，那邊到底有什麼啊？」

「蕎麥麵店。」

「哦，蕎麥麵！那我明天想去耶，請帶我去吧！」

我能感受到彩華跟禮奈投來的視線。

於是連忙改口。

「抱歉，我騙妳的。感覺像是辦公室的地方，所以跟我們沒關係。」

「為什麼要說那種莫名其妙的謊啊！那快點回飯店吧，我肚子餓了。」

「妳可別吃太多喔。明天也要穿泳裝吧。」

「唔……學長還真是幸福啊，都可以盡情地吃……」

「對啊。而且我又不太會胖。」

「女性公敵！你這個女性公敵！」

志乃原感覺很不甘心似的跺著腳。看她這樣我也輕聲笑了笑，一邊朝後方瞥去。

眼前只見彩華跟禮奈兩個人在交談。

「副代表是會連同好會內部的戀愛關係都有所掌握嗎？」

「嗯──不一定吧。而且其實大家也都不太會隱瞞。」

「那月呢？」

「她最近好像很想交男朋友。妳也監視一下別讓她被奇怪的人騙走了。」

「交給我吧……是說，我有件事想跟妳確認一下。」

禮奈的語氣產生了變化。

這時志乃原用力捏了一下我的手臂。

「好痛！」

注意力回到志乃原身上，只見學妹面帶純粹的笑容抬頭朝我看過來。

「學長，你覺得今天的晚餐會是什麼？」

「魚板吧！」

「竟然猜配菜？一般來說都會回答主餐吧！」

……算了，偷聽也不太好。

我轉換了思緒，跟志乃原一如往常地閒聊下去。

不只是「start」，她好像還跟「Green」的成員也有交流，看來志乃原依然很容易跟人打成一片。

當我們抵達飯店入口時，後頭那兩人的話題已經換成跟化妝品相關的事情了。

我回想起剛才的對話。

禮奈跟彩華的互動，還縈繞在我耳邊。

◇◆

清醒過來的時候，腦袋格外沉重。

在我身邊的是藤堂，還有幾個「start」的同好會成員。

吃完了有著大蝦子及生魚片等等的晚餐，康樂活動也結束之後迎來的是漫長的自由活動時間。我們並沒有特別決定熄燈時間，再加上包下了整層樓，只是暢聊程度的噪音也沒必要特別在意——既然湊齊了這些條件，學生就按捺不住了。

不知道是誰帶來了罐裝啤酒、威士忌，以及大瓶的日本酒。只有「start」成員參與的酒會，恐怕已經過了幾個小時吧。

大家都喝醉了，五個大男人睡倒在一張雙人床上。

我在不會吵醒大家的狀況下先撐起上半身，這才走下床。

房間的寬敞程度大概跟半間高中教室差不多。在離床幾公尺的前方有兩張單人座沙發，分別配置在圓桌的兩側，而且都有人坐在上頭了。

「啊，起來啦？」

「早啊，起來了啊。」

是美咲跟琴音。

副代表跟前副代表。圓桌上放了四瓶罐裝HOROYOI，看來是在我們踏入夢鄉之後，還感情很要好地一起喝的吧。

「真早起耶。要再睡一下嗎？」

「咦？」

聽琴音這麼說，我看向窗外。窗簾的縫隙間透進了微微光線，讓我大為吃驚。

「……朝陽？」

「酒真是可怕呢～我們也才剛起床。如何，要不要繼續喝？」

「到底是怎樣？」

我忍不住吐槽之後，美咲也輕輕笑了起來。

昨天晚上第一次看到她沒化妝的樣子，肌膚很好，臉蛋也很漂亮。

「再喝感覺會影響到明天……不，是今天，所以還是算了。早餐只能吃到十點對吧？」

「最晚九點半就要去吃了喔。要是沒吃到早餐可是會很悲傷呢。」

琴音雀躍地笑著。她跟美咲一樣沒化妝，但同樣地，她偶像般的可愛面貌依然健在。上了大學之後，幾乎沒什麼機會看到女生沒化妝的樣子。

就算是像這樣的旅行，除了琴音跟美咲之外，其他女生也不會跑來有男生在的房間。

看來要在男生面前露臉，多少還是要有點自信——這樣的想法掠過腦海，但我猛力地搖了搖頭。在外貌上沒有費多少工夫的我，無論想到什麼都太沒禮貌了。

「你就這麼討厭沒吃到早餐嗎？」

不知道是怎麼解讀我這個反應，美咲這麼說著還勾起嘴角。

「不，也不是因為這樣……算了，我要回房間了。」

跟我同房的大輝不在這裡。我本來想問問琴音，但馬上就放棄這個念頭了。

地上散落著大量的拖鞋，我隨便套進其中一雙，身後傳來琴音的聲音。

「記得要擼醒喔。」

「……我不會吐槽妳喔。」

「吐槽什麼？」

「……算了。」

酒意還沒完全退去的狀態下，對話消耗的熱量實在太高。我抓著門把，來到走廊。

身後還能聽見美咲輕聲笑了笑。

「……你還真早起耶。」

「早啊。這招呼還真有禮貌喔。」

我回了一句曾幾何時她才對我說過的相同回應。

在走廊休息區沙發上喝著咖啡的人正是彩華。她將頭髮盤起綁在後頭，穿著家居服感覺很悠哉的樣子。

我看了也想買點飲料，站到自動販賣機前方，卻發現自己沒帶錢包。我好像忘在房間裡了。

這時有隻手從我胳臂下方伸了過來，隨後發出匡啷匡啷的聲音。原本是關燈狀態的按鈕全都一口氣亮了起來，豐富的選項也隨之浮現。

「這麼好喔？」

「這點沒什麼啦。你用壽司還我就好了。」

「我就知道。」

一邊這麼說著，我選擇了微糖咖啡。伴隨一道撞擊聲，罐裝咖啡滾落下來。我伸過去拿取的手感受到一陣熱度。

「……按錯了。」

「咦？」

「我買成熱的。」

「唉唉～但反正冷氣很涼，也沒差吧？」

「我覺得喝一喝會很熱耶……算了。」

既然是她請我的，不喝感覺也很浪費，只要當作為這段兩人獨處的時間付錢就好了。

我一坐到她身邊，彩華的身體也向下沉了一點。

「彩華，妳也這麼早起啊。」

「是啊。有很多事情想確認一下。」

「什麼事？」

「白天我們會分組做很多活動，所以要確認有沒有疏漏的地方。還有第二場康樂活動的排程之類，以防萬一還是要看一下。」

彩華將手機遞過來給我稍微看了一眼。備忘錄上，每一段時間都輸入了滿滿的文字。

一開始還以為她只是在悠哉地放鬆而已，我在內心向她道歉。

「你們到晚上之前要做什麼？」

「我們一樣是去海邊。就在那邊玩而已。」

「這樣啊。不過那也不錯啦。比起排得不好的行程，自由活動還是來得開心多了。」

畢業旅行時最開心的就是自由活動了，由此看來我也同意彩華的意見。

藤堂應該也能像彩華這樣做出各式各樣的安排，但同好會成員若是沒有這個需求，就算花時間安排也沒有意義。

對我們來說，光是跟「Green」住在同一間飯店，還能參加他們的康樂活動，就足夠體驗到非日常的感受。應該說，平常都只有在打籃球而已，可以到海邊玩就很滿足了。

就像在回答我這樣的想法一般，彩華一邊滑手機一邊說：

「畢竟我們這邊很多都是習慣刺激的人。所以儘管不會太過放肆，還是要比你們盯得更緊才行。」

「真虧妳有辦法帶領這些人耶，了不起。」

「這沒什麼了不起的。只要想做，任誰都能做到這些事情喔。」

「就是一般人不會想去做，所以才厲害啊。」

要不是有彩華這個朋友，我一定不會像這樣萌生站在主辦方的立場去思考的心情。即使產生這樣的念頭，說不定也不會這麼快就實際參與。

彩華有時會展現出我自己不具備的價值觀。

「我就把你這句讚美拿來抵罐裝咖啡的錢了。」

彩華伸展了身體之後，接著站起身來。

兩件式的家居服飄來一股香氣。

「味道好香。」

「笨、笨蛋。不要說這種話好嗎。」

「為什麼啊？被稱讚比較好吧。」

「是沒錯啦……也是。我之前這種時候應該都會若無其事地接受吧。是嗎？」

彩華站在原地喃喃自語之後輕輕敲了敲自己的額頭。

「啊～煩耶，有夠失常。我要回房間了，掰掰。」

「咦，我咖啡還沒喝完耶。再陪我一下嘛。」

「唔……」

彩華露出了感覺開心又難耐，還有點憤恨般難以言喻的表情。

在那之後思索了幾秒，便將視線從我身上移開。

「我在這邊等你。快點喝。」

「惡鬼！早晨咖啡讓我慢慢喝好嗎！」

「吵死了，快點！」

無可奈何之下，我一口氣喝完罐裝咖啡，丟進垃圾桶裡。咖啡在肚子裡翻騰起來，讓我有種預感，可能幾十分鐘後就會衝到廁所去。

「那我要回房間了。而且已經六點半，也差不多開始有人起床了。」

「這是對一心只想睡回籠覺的我說的話嗎……感覺會因為滿滿的罪惡感而睡不著。」

「是是是，反正你還是會倒頭就睡吧。」

彩華輕聲笑了笑，朝自己的房間走回去。

「彩華。」

「嗯？」

綁成馬尾的頭髮輕輕晃了晃。

我一時閉眼不去看那豔麗的軌跡，開口問她：

「……昨天禮奈跟妳確認什麼事？」

短短的一瞬間。真的只是剎那之間，我覺得彩華的表情有點僵硬。這並不是懷疑，而是確信。

「哪有什麼，就是跟化妝品有關的事啊。」

……我提及的是在化妝品之前的話題。

目擊大輝跟琴音的幽會之後，回程的路途上我聽見了一點她們兩人的對話。就算此時是酒精遍布身體的狀態，那段記憶依然鮮明。

然而彩華笑著說：「你為什麼要在意那種事啊？」並聳了聳肩。

「你對化妝品也有興趣嗎？」

「不，並沒有。除此之外，她沒再問妳什麼事情嗎？」

「我無可奉告。」

彩華用手梳開頭髮，接著說下去：

「這次我什麼都不會告訴你。因為這是同好會最後一次的旅行了。」

接下來的幾秒鐘，彩華又垂下雙眼。

在那之後好像是辭窮了，她重重地嘆了一口氣。

「不好意思，這件事就說到這邊。剩下的你自己想吧。」

彩華留下一句：「抱歉。」這次真的回到房間去了。

她的身影消失在轉角的房間，留我一人待在清晨的走廊上。

由於這間飯店隔音做得很好，四周寂靜到讓人覺得不寒而慄。

「……為什麼要道歉啊……」

我短短的呢喃沒有在走廊上迴響，就這麼被吸進牆壁，迅速地消退而去。

第11話　第二天

第二天海邊的人潮好像比昨天更多。

本來還期待「Green」的人不會過來，所以海灘上可能會比較空曠，很可惜的是並非事事都能如願以償。彩華他們之所以從白天開始就分組行動，不知道跑到哪邊去玩，說不定就是預料到這裡會出現人潮。

那月跟禮奈也都去那邊了，因此留在這個海水浴場的就只有「start」的成員而已。而且大多還都在海濱公園或飯店各自休息。

「學長，你為什麼這麼沒精神啊！」

「很有精神好嗎！剛才不是還在外面玩嗎？讓我休息一下吧！我本來還想休息一下的，就這麼決定了！」

這只是因為志乃原的精神飽滿到太過異常，跟日常生活相比，我敢說自己已經非常精力充沛了。

穿著泳褲跟運動外套的我，朝著坐在旁邊的志乃原看了一眼。

整層樓都被同好會包了下來，恐怕除了我們之外沒有任何人留在這裡。我前前後後在通道的沙發上放鬆了一小時左右，但除了志乃原，沒看到半個人影。那些在休息的同好會成員們大概也因為是難得的旅行，都跑去海濱公園吹著海風吧。

海濱公園的長椅曝曬在毫不留情的陽光底下，因此如果沒擦防曬乳，背部會刺痛到像快破皮一樣。而且就算擦了，明天應該也會刺痛不已吧。

「是沒錯啦，但怎麼說呢，總覺得現在莫名想活動身體耶。」

「為什麼會這樣想？」

「因為我沒有喝酒，昨天直接睡覺了啊。如果大家要聚在一起喝酒，拜託也約我去好嗎！」

「不好意思喔，我們是健全的同好會，不能約未滿二十歲的人飲酒作樂。」

「我可以忍耐只吃洋芋片啊——！」

我能想像志乃原拿著雞汁洋芋片吃到撐飽肚皮的樣子了。

那樣子場面可能會滿熱鬧的，但我有著不約志乃原參加的明確理由。

「難道妳昨晚玩得不開心嗎？」

這麼一問，志乃原賭氣地冷哼一聲。

「……很開心。女生聚會嗨到不行。」

「哦哦，玩咖耶！」

「欸嘿嘿，感覺是玩得滿開心的，所以這聽起來也像是在稱讚。」

志乃原用連帽外套的衣袖搓了搓鼻頭。我開玩笑地這麼說是希望她跟平常一樣吐槽我，看來她真的度過了一段充實的時間吧。昨晚有男生說想找志乃原以及其他低年級生一起過來，看來我阻止他是正確的呢。

有些時間只有跟同年的人才能共享。

「無論如何，玩得開心就好。而且妳總是跟高年級的混在一起，我希望妳可以加深跟同年級生之間的感情。」

「咦？」

志乃原聽我這麼說，微微地歪過頭。

……說得太直接了嗎？

當我為了敷衍這句發言而想轉移話題的時候，志乃原說出了驚人的事實。

「我已經跟大家都很要好了喔。不用去同好會的時候，我們偶爾也會一起去吃飯。」

「糟了！我剛才那樣講不就是最丟臉的狀況了！」

「咦？剛才那是最丟臉的嗎？」

「拜託不要說得好像我平常就是個丟臉的傢伙好嗎！」

「也沒什麼好丟臉的吧……尤其是早上那時，學長很帥氣喔。」

志乃原注視著我並笑彎了眼。

她直接拋來的這句話，讓我不禁撇開視線。

然後回想起今天早上發生的事情。

◇
◆

吃完早餐之後，「start」的成員立刻回到樓層休息區集合，聽藤堂宣布事情。

「昨天有喝酒的人，請依照自己酒精的攝取量空出一段適當的休息時間。順帶一提，我有統計總共準備了幾瓶罐裝啤酒，所以大概知道大家喝了多少喔～」

接著LINE群組收到一個連結，可以連到一個網站，上面刊載的表格寫分解酒精要花多少時間。

我的餘光瞥見大家一邊看著手機，一邊做出難以釋懷的反應，因而產生了愧疚的心情。

找到這個網站的人正是我。也就是說，希望大家可以根據酒精攝取量做適度的休息這件事，是我今天早上向主辦方提議的想法。

但大家紛紛說出了自己的想法。

「咦～直到去年都沒有這種規定啊！」「去年不是去山上玩嗎？」「那就是前年！前年明明就沒有規定！」「那我就當作自己只喝兩杯而已吧～」

親眼目睹了這些反應，害我不禁覺得自己做了多餘的事情。

旅行只有三天兩夜這樣有限的時間。大家都想盡可能玩得開心一點。

以團體行動來說，不是把正確的言論加諸在大家身上就沒問題。畢竟本來就沒有規定要留下休息時間，就因為我靈光一閃的點子奪去了大家玩樂的時光。

「start」的成員看著網站不滿地噘起嘴來，正當我因看見這樣的光景而感到心痛時，美咲來到了我身邊。

「怎麼辦？要上前說明一下嗎？」

「我在想，是不是不要這樣做比較好。」

「咦？」

美咲微微歪過頭之後，露出一抹壞笑。

「哦～你怕了啊。原來如此。」

「才不……不，妳說得對。我在反省自己做了多餘的事情。」

「啊哈哈，你在說什麼啊。」

美咲豪邁地拍了拍我的背。

「因為這是個好點子才會立刻採用吧，拿出自信來！我們也有想到這件事，卻下意識地以玩樂為優先而選擇不講出來。把我們這樣的想法挖出來的是你啊，況且成員們要是有什麼不滿，藤堂也會負責啊。」

「藤堂負責啊……呃，他確實是代表沒錯，總覺得很可憐耶……」

我不知道藤堂跟美咲平常都是怎麼討論事情的，說不定也有辛勞的一面。

「把這個現場交給藤堂，應該勉強可以搞定吧。」

大家差不多看完網站的說明了。也有些人看不到一半就開始閒聊。

看了一圈大家這樣的反應之後，我的視線便往藤堂看去。

面對大家的發言，藤堂並沒有特別做出什麼回應，只是注視著我。

視線當中帶著試探我的神色。

……好啦。

「上吧！」

我這麼鼓舞自己，用雙手拍了臉頰。

要不是有機會體驗一次，將來我肯定會連自己參與過主辦的記憶都會變得淡薄。我告訴自己，如此一來實在有點浪費，而後走到藤堂身邊。

美咲在身後小聲地說著：「Fight！」替我加油。

以藤堂為中心聚集的半圓形當中，包含受邀參加的人在內有三十幾人。這個人數大概就跟高中一個班差不多吧。

國高中時代，每當要站在全班面前發表言論的時候，我總是很緊張。也有好幾次的經驗是講到一半結巴，對於平常不會放在心上的笑聲感到格外敏感。然而當自己成為旁觀者的時候，卻還在內心評價他人發言的好壞——回頭想想，也太自以為是了吧。

走到中心點之後，藤堂不發一語地走到美咲身邊。

他們在半圓形的角落注視著我。

支撐起「start」日常的兩個人，將這個場面交付給我。

一站到大家面前，我緊張到口乾舌燥。

畢竟已經有三、四年的時間，沒像這樣站在幾十個人面前講過話了。

雖然有六、七個沒見過面的人，但一半以上都是我的好夥伴。即使如此我還是會感到緊張，究竟是因為缺乏自信，還是經驗不足，又或是兩者皆是呢？

我不能把大家的眼神都看作是在試探我一樣。我無從得知大家是不是都抱持著跟以前的我一樣的思考模式。然而加上自己過去的態度，難堪的是，就只有被害妄想不斷擴大。

平常彩華面對的是這個好幾倍的規模。

彩華之所以可以表現出堂堂正正的樣子，是因為她具備自信與經驗的根基。這正是我所缺乏的東西。

然而，我否定了自己軟弱的心。

——經驗這點，現在不就立刻可以累積一次了嗎？

想必就是這樣一步步的累積，才能讓我長大成人。讓我身為一個人能夠有所成長。

把這次視為一個機會，就足以構成我努力的理由了。

我盡可能不去對上大家的眼睛，開口說道：

「首先跟大家說一聲，提出這個想法的人是我。」

我的喉嚨發出比平常還要乾澀的聲音。

光是這個事實就足以突然擾亂我的步調了。

更何況我本來就是站到人前發言之前，多少會先想一下內容的那種類型。

一想到可能在大家面前變得不知所措，我的雙腳就僵硬到動彈不得。

這時，大家紛紛開口了。「是喔～真難得耶！」「為什麼悠太要提出這個想法呢？」

「你是想欺負我們嗎！」

我不禁眨了眨眼。

「不，抱歉。我也不是這個意思。」

……對了。

緊張感漸漸從身體退去。

只要想成是在跟大家對話就好了。就像一對一在講話一樣，只要把話題拋出來就行了。現在只是事先決定好對話的主題，要做的事情是一樣的。只不過跟平常相比，講話的對象增加了而已。

想到這裡，我差點就要笑出來了。沒想到站在人前說話是一件這麼簡單的事情。

不過是換了一個方向思考而已，覺得思緒變得格外清晰。

當然，如果換作眼前的人全都不認識的狀況下，或是面試等重要場合，又會產生特別的緊張感了吧。但只要照這樣一步步累積，就有希望能克服任何難題。

高中的我站在人前時之所以沒有產生這樣的想法，是因為我缺乏了某些東西。

現在可以產生這個想法，正是因為至今的大學生活讓我有所收穫的關係。

我不知道具體來說是怎樣的能力。但或許一種能力就是透過一點一滴的累積而成。

在自以為虛度的時間當中，恐怕也有著促使我成長契機的要素吧。

今天光是掌握住這樣的感覺就算是僥倖了。

「嗯～首先大家都知道，喝酒會提高我們發生意外的可能性對吧？」

我從口袋裡拿出手機，並高舉起來。

「知道是知道啦～」

大家紛紛點頭做出回應。

飲酒造成的意外。如果是大學生，這想必是理智上都能理解的事情。

但無論如何還是缺乏真實感，才會想以自己的欲求為優先。我至今也是這樣。

參加國高中的畢業旅行時，多少會想要稍微超出一點可以自由行動的範圍，或是跑到在日常生活中禁止進入的屋頂去。明知一件事情所伴隨的危險，還是以自己的欲求為優先，我也有過這樣的經驗。因此比起說明會對自己造成的危險，更能打動我的說法是——

「我也不想跟大家說這個結果會害自己變成怎樣，或是發生事情時的責任歸屬之類的正當言論。而且我想大家應該也都心知肚明，卻還是做出這樣的反應。」

大家顯得有些不甘願。難得來這趟旅行，卻被人潑了一桶冷水。然而那個人又是朋友，光是思考要怎麼做出反應就覺得很厭煩。四處都能看到有人流露出這樣的表情。

但是相較之下，學弟妹們的表情反而是一臉相對坦率的樣子。第一次參加同好會旅行的一年級學生以及志乃原。大家都是高年級生同樣珍惜的學弟妹。

儘管「start」也有著令人膽顫心驚的時候，但之所以這麼團結，正是因為大家都很喜歡每一位成員。既然有著這個共通點，我接下來要說的話應該就能打動人心才對。

「——但是，這裡還有明年也想坦率地享受旅行的人在。保護好『start』這個地方，是身為學長姊該做到的事情吧。」

高年級生們的表情微微動了一下。

我能看見站在半圓形角落的藤堂跟美咲，都用手指比了一個小圓圈。

「只要我們當中任何一個人發生事情，明年開始要以官方同好會名義舉辦活動一定會受到限制。為了可愛的學弟妹們，我們就忍耐這幾個小時吧。」

補上這句話之後，半圓形的中心後方傳來一道呼聲：

「請為了我們休息一下～」

玩笑般的語調，正是來自志乃原。

這可以說是對我這番笨拙的說明提供最大的後援。

志乃原這麼說完，四下就接連有人發聲。

「既然學弟妹都這樣拜託那也沒轍了。」「幾個小時也還好啦。」「我要一路休息到傍晚耶……可惡，早知道昨天就喝少一點了。」

聽到大家的反應，當我正想插話時，半圓形的角落有人響亮地拍了拍手。

「我們有準備了康樂活動，如果覺得各自休息很無聊的人，十點記得到海濱公園集合喔！」

美咲很有副代表的架式，凜然地放聲說道。

大家也下定了決心，儘管回答得有些零散，還是紛紛同意了。

我鬆了一口氣，接著默默走到藤堂跟美咲身邊。

兩人一看到我都露出微笑。

「說明得很好喔，悠。」

「沒想到這跟之前遲繳同好會會費的傢伙是同一個人呢～」

「原諒我吧……我不會再遲繳了啦。」

要是其他同好會成員發生一樣的狀況，感覺有些話只有我能說。

藤堂似乎也跟美咲這番話抱持相同的感想，笑著說：「要是有其他人遲繳我就考慮把那個人分給悠處理好了。」

◇◆

──這就是早上發生的事。

藤堂他們一起臨時想出來的康樂活動讓大家開心地玩了一小時左右，現在學弟妹們應該都跑去海邊玩了。

我也差不多要從休息時間得到解放，既然是自己提議的，我打算留到最後。最重要的是，沒有任何人待在飯店裡。

當我沉思著應該要回去海濱公園時，志乃原開口說：

「早上那件事竟然是學長提議的，讓我感到很意外喔。」

「是嗎？」

「對啊。那可是學長喔。」

正因為志乃原一直看著我過著自甘墮落的生活，她才會這麼說。

我苦笑著說：「毫不留情耶。」

「……不過我自己也覺得滿意外的。換作是之前，就算被硬拉去參與主辦的事情，應該也只會旁觀而已，應該說我很有可能甚至不會參加旅行。」

「學長要是沒有一起來，樂趣就少了五分之一，所以你有參加讓我很開心喔！」

「減少的比例超微妙的，是要我做何反應！就說少了一半也好吧！」

志乃原開心地咯咯笑了起來。

她接著在沙發上彈坐了一下，轉身面對我。可以看見在連帽外套底下是跟昨天不一樣的泳裝。

「——學長也想要有所改變呢。」

「咦？」

「該怎麼說呢，那段時間像是要傳達出這一點的感覺。那時候『只有我』在場是不是很幸運呢？」

「不，就是因為超多人在場我才那麼緊張啊。要是只有妳，我才不會緊張好嗎。」

「氣死人！明明就很緊張！之前明明就只有我卻還很緊張！」

「哈哈，妳到底是在說什麼時候──」

話說到一半，志乃原就跳過來坐在我的腿上。

我差點就要向後倒去，所幸還是勉強調整好姿勢。

「妳在做什──」

志乃原的臉，以及那道甜美的氣息就近在眼前。

在摩天輪上的情景重新在腦海中閃現。

「呵呵。回想起來了嗎？我想說你最近好像忘記了。」

「靠這麼近任誰都會緊張好嗎！」

「是這樣嗎？我倒不這麼認為。」

「妳、妳這是什麼意思啊？」

這麼一問，志乃原抓住我其中一隻手。接著將手擺在自己的連帽外套拉鍊上，並向下加重力道。

隨著拉鍊緩緩向下，可以看見露出來的乳溝沁出了一點點汗水。

「因為學長本來就會拒絕靠得這麼近的人吧。」

「廢、廢話。是妳這麼強勢靠過來……」

「是因為我？」

志乃原加重了力道。

漸漸露出來的明明只是泳裝，這樣的舉動卻一味地增加豔麗的氛圍。

「學長——有些事情就算沒有自覺，還是會傳達出來的喔。」

「妳是指什麼——」

「這個嘛……」

臉頰泛紅的志乃原，好像發現了什麼似的睜大了雙眼。

接著不斷地、不斷地眨眼，並緊抿了嘴唇。

「……你、你心跳真的超快的耶。」

「……用這副模樣貼得這麼近，任誰都會這樣好嗎。妳先放開我。」

「就這樣放開你真的好嗎？」

她不是像平常一樣露出惡作劇般的笑，而是率直地這麼問……這讓我更希望她放手。

為了將視線從志乃原身上移開，我仰望著天花板。在維護良好的天花板反射之下，倒映出我們兩人的身影。

過了一段時間之後，志乃原總算離開我身上了。

「呵呵。」

「怎樣啦？」

「如果是平常的學長，就會靠蠻力把我推開喔。這讓我很高興。」

「……是嗎？妳第一次來我家過夜的時候，一起睡的時候也是靠得很近吧。」

「那時候的狀況跟現在又不一樣～」

志乃原噘起嘴，接著淺淺一笑。

「畢竟是在同好會的旅行途中，就這樣放過學長吧。」

這麼說著，志乃原作勢要擠出上臂肌肉。

隔著連帽外套幾乎看不到任何鼓起的肌肉，但我就沒特別說出口了。飛快的心跳一再強調我沒有這樣多餘的心思。

「我先去補妝，還要做點準備。我們海濱公園見喔！」

志乃原留下這句話後在走廊上跑了起來。當我放空地望著那纖瘦的背影時，她又突然朝我轉過身來。

臉頰有些泛紅的學妹，投來感覺相當親暱的目光。

「學長！」

「幹嘛！」

「我並不討厭喔！」

「快、快去啦！」

我放聲唸了句。志乃原露出潔白的牙齒笑著，再次在走廊上跑了起來。

最終，她的身影消失在自己的房間，走廊也恢復寂靜。

……雖說是本能上的欲求，卻讓志乃原顧慮這麼多。

我大嘆了一口氣，倒在沙發上。

莫名覺得身體比早上跟大家說明時還要來得僵硬。

第12話 一段關係的結束

將短短的寸頭染成褐色的男人，一臉憤恨不平地吃著日式炒麵。

經過鍛鍊的身材很適合這一片沙灘，然而身旁坐的精壯帥氣的青年，吸引了大多注目的視線。

大輝跟藤堂並肩坐著吃點心，我則是抱著沙灘排球旁觀。

「你們還在吃喔。快點回去打沙灘排球吧。」

我們這麼催促之後，藤堂無奈地搖了搖頭。

「別催嘛。如果吃得太急會吃壞肚子吧。」

「不然我來幫你吃好了？」

「你比平常還要熱血耶～」

藤堂輕輕笑了笑，又繼續吃起日式炒麵。

我嘆了口氣，手撐在一旁的矮牆。

沙灘跟混凝土道路的界線上，有一道高度到成年男性腰部左右的矮牆。早一步跳下沙灘的我，無所事事地拿著球在手臂上頂來頂去。

從坐在矮牆上的兩人開始吃起點心，恐怕已經過了半小時以上。這也是我們脫離沙灘排球比賽的時間。

要是再繼續耗下去，現在打得正起勁的「start」成員們對沙灘排球的熱情可能就會冷卻下來了。

剛才輸給志乃原跟美咲組成的女子隊的我，無論如何都想盡快雪恥。

如果到時候贏過幹勁盡失的她們，那可一點也不開心，所以我才會為此感到焦急，然而藤堂依然細嚼慢嚥地吃著東西。

「藤堂啊～你也跟大輝學學吧。」

我撇過視線看向大輝身旁。那裡放著兩個空盒。食慾大到連彩華看到也會嚇一跳。

或許是受到我這句話的影響，只見大輝猛扒著日式炒麵塞進嘴裡，接著一口氣吞下。

「我只是不吃就受不了而已！」

「咬一下啊！你剛才沒咬就吞下去了吧！」

他吃的速度快到好像日式炒麵是飲料一樣，讓我不禁不管前後文，直接吐槽。

藤堂嘆了口氣說：「這樣吃會短命喔。」並向大輝問道：

「你跟琴音之間發生了什麼事吧？」

這也是我很在意的地方。

昨天看到大輝跟琴音出現在賓館前面，確實是時隔一夜也難以忘懷的衝擊光景。我很想追問他消失在賓館的那段時間發生了什麼事，但大輝昨晚沒有一起來跟大家喝酒。畢竟昨晚琴音也在場，大輝想必也不太好意思參加。

然而我這樣的推測卻完全遭到推翻。

「我徹底被甩了。」

「啊？」

我不禁大聲發出驚呼。

「你那是什麼反應啊？」

「呃，因為太意外了。該怎麼說呢，就是……」

大輝對於我的辯解露出無法釋懷的表情，而後重重地大嘆了一口氣。

「一點也不意外吧，平常練習的時候她也對我很冷淡。傳出我跟琴音在交往的謠言時，她也是全力否定了啊。」

藤堂大概是回想起當時的事情，苦笑著說：「也是呢。」大輝看到這樣的反應再次扒起日式炒麵，並在吞下去的同時仰望天空。

在萬里無雲的天空底下，我們曝曬在毫不留情的紫外線中。

「不過呢——是有種總算明確被甩的感覺啦。」

大輝語氣陰沉地說完，一口氣把日式炒麵吃完了。看樣子大輝是用吃來紓壓的類型。

「哎，何況琴音的難度也很高嘛。」

藤堂拍了拍大輝的肩膀。

「連你都這麼說了，大概真的是這樣吧。那個人真的滿難以捉摸的。不過我也喜歡她這一點就是了。」

回應後又漸漸消沉的大輝，最後直接抱頭苦思。

「是不是昨天的氣氛搞砸了啊……」

「……你說回程的時候嗎？」

猶豫到最後我還是開口問了，結果大輝目瞪口呆地張著嘴。

「什麼，悠太你看到了喔！」

「怎樣怎樣？」

藤堂深感興趣似的勾起嘴角。

如果對象不是大輝，機靈的藤堂應該會想些可以好好安慰人的方法吧。

但我一點也不認為大輝被我們這樣的死黨顧慮這麼多，心情會比較好過。雖然換作是我，剛被甩的時候還是希望可以讓我靜一靜就是了。

「沒有啦，就是昨天偶然經過賓館前面。因為本來就是我約琴音一起走回飯店的，所以你想，氣氛很尷尬吧。」

「也太衝了吧。對象如果不是琴音，在那個當下人家應該就會退避三舍了。」

藤堂狂笑不已，還像嗆到一樣打了一個嗝。

然後他朝我遞了日式炒麵過來。看來他打算陪大輝吃點心，現在放棄了。

我雖然下意識地接下來，一想到沙灘排球就不太想吃。

當我猶豫著要不要還給他的瞬間，盒子就從我手中消失了。大輝以驚人的速度搶走了盒子，然後又像在喝飲料一樣，轉眼間將剩下的日式炒麵全都吃個精光。我跟藤堂定神看著大輝像大胃王一樣，忍不住面面相覷。

大輝若無其事地將空盒子放在旁邊，接著繼續說：

「不，會經過賓館真的只是偶然，我也嚇到差點腿軟。一直想著要是被她誤以為我是迂迴地在約炮該怎麼辦。」

剛才那副大胃王的模樣好像是錯覺一般被他敷衍過去，害我不禁開口：

「到底是塞到胃的哪裡……呃，算了。」

想到這畢竟不是問題重點，我才勉強吞回疑問，相對地，藤堂做出回應。

「大輝如果真的要約，感覺會開門見山直接說吧。」

「不，我覺得他可能其實滿膽小的。」

「不要在那邊自說自話！我會好好地約人家好嗎！」

大輝甩動著手腳對我抗議之後，直接跳下沙灘。

他的上半身已經曬紅，感覺今晚就會痛起來了。

「不過，其實也是琴音主動約我的喔。欸，這件事可不要跟別人說。」

聽大輝這麼說，一般來講應該會驚訝不已。

但了解琴音為人的我們，只是「啊～」地發出平板的聲音。

「喂。再驚訝一點好嗎，尤其是藤堂。」

「不是啊，她實際上也不是多死板的人，而且我們也知道她對你多多少少抱有好感，所以想說這也是有可能的而已啦。」

藤堂說出毫無掩飾的感想。

「而且你跟琴音有段時間感覺真的滿不錯的吧？剛好是悠有點變成幽靈成員的時期。話說回來，一開始是琴音在單戀你嘛。」

「那時候我有其他心儀的女生啊～打工那邊的……但當琴音真的遠離我之後，總覺得很想追上去，不知不覺間就喜歡上她了。拜託你不要讓我回想起來好嗎。」

大輝應該是回想起當時的自己，他的嘆息中也帶著懊悔。

「而且她也對我說過這件事。說那時候明明是我無動於衷。」

「但你並沒有那個意思吧？」

我插嘴這麼問，大輝伸手抵著太陽穴。

「……不知道耶。被她帶到入口的時候，我也幾乎沒有抵抗。雖然當時事出突然讓我很混亂，但我想在內心某處應該還是覺得很開心吧。」

大輝說到這邊暫時閉上嘴，接著嘆了一口氣。

「然後，我就這樣開開心心地在看到櫃檯的瞬間轉身離開了。走到外面之後她說的第一句話就是『如果只是想做也沒必要特地交往吧？』這樣。」

藤堂皺起臉說：「好狠啊。」

「我馬上否定，然後她就問：『不然現在想怎樣？』我才想說：『就趁現在！』並向她告白，結果就被擊沉了。」

……我不知道琴音當時的心境。

我們只能聽到大輝的片面之詞。畢竟跟琴音的關係很難說親密到可以毫無顧忌地拋出這麼敏感的話題。

在只能得到單方面資訊的狀況下，我們所能理解的只有琴音有她自己的原則，然而大輝並不符合的這個事實。

「就是因為曾經有過感覺還不錯的一段時期，反而更難受啊～我從昨天晚上開始就一直在後悔之中。」

大輝抓了抓頭，然後從我手中把排球撈了過去。只見大輝開始胡亂地托著球，換作是平常我就會直接吐槽他了，但這次還是默默在一旁看著就好。

不知道琴音對大輝是懷抱著怎樣的情感呢？

為什麼要做出約大輝進賓館這種事，然後還甩了他呢？

無意間──我產生了一個想法。她會不會在試探大輝對自己是否真心呢？琴音或許認為，如果是真心的，應該就會按部就班才對。

但就算我這個臆測是對的，現在講這些也都是馬後炮了。

從大輝的表情看來，他自己應該也是得出類似的結論。就是因為懊悔於那一瞬間的動搖及按捺不住的衝動，他才會向我們傾吐。

藤堂可能也跟我有一樣的想法，只見他剛才還掛在臉上的笑容也消失了。

「藤堂有女朋友所以應該是沒差啦，但悠太也要小心一點喔。現在待在身邊的人，不一定一直都會陪伴著自己。」

「……還真是突然啊。這點我自認心知肚明啦。」

梅雨季時的那件事情，讓我跟相處最久的人的關係近乎搖搖欲墜。

儘管只是一小段時間而已，但我痛切地體認到可能會與親近之人疏遠的那種感受。

大輝說著：「這樣啊。」並點了點頭，接著輕輕踢了一下排球。球落在凹凸不平的沙灘上幾乎沒有反彈，立刻靜止下來。

「……你可能會覺得我有什麼資格這樣說，但男女之間的友情大概就是這麼脆弱。真的只要有一點點契機，就不再是那麼純粹的關係了。」

大概是心繫著與琴音之間的關係，總覺得大輝的語氣特別投入感情。

……男女之間的友情。這是會分成肯定與否定兩派言論，一再被拿來頻繁討論的議題。無論在哪樣的場合說出怎樣的言論，沒有實際經歷過的話一切都只是空談。然而一旦體驗過了，說出口的話就特別有分量。

事實上大輝剛才的這番話，對我來說是不容忽視的事情。

平常只會隨便聽聽的話，現在聽起來特別有感觸。

「男女之間的友情一旦變得曖昧不清，那就是快要崩壞了。悠太最近也很常跟女性朋友一起行動吧。沒問題嗎？」

他帶著擔憂的雙眼倒映出我的身影。

強調出「最近」這個時期，很明顯地指的就是志乃原跟禮奈吧。

……我跟那兩個人之間，看在大輝眼裡是很不安定的關係。

藤堂恐怕也是這樣想的。若將他昨天的言行，解釋跟大輝同樣的意圖還比較自然。

只要當事人都能接受，就無需在乎那樣的隱憂。

一直以來我不知道這樣告訴自己多少次了。

而且我相信對方也跟我抱持著相同的心情。

但就跟今天早上那件事一樣，只要換個想法就會有不同的解釋。

也就是說，可能有其中一方只是假裝接受而已。

回想起佳代子的話，我不禁低下頭。

「為什麼要給我建議啊？」

我語氣平靜地拋出這個問題。

儘管四周如此喧囂，仍然能聽見海浪的聲音。同樣的，我也知道大輝在轉瞬間迷惘般的嘆了一口氣。

「……我不希望看到朋友重蹈我的覆轍。」

「……這樣啊。」

這個回答讓我閉上了嘴。結果換成藤堂向大輝問道：

「不然你覺得要怎麼做才能不讓關係崩壞呢？」

「為什麼是藤堂在問啊？你沒這煩惱吧。」

儘管大輝回答的聲音很懶散，還是繼續說下去：

「我也才剛失敗而已，所以不是很懂……總之就是不要隨波逐流吧。一旦產生情慾，這樣的關係就結束了。」

我們三人走在凹凸不平的沙灘上撿起排球。我輕輕朝著半空中一拋，大輝便接了下來。

「唉唉～一瞬間就結束了呢。」

大輝滿不在乎地這麼說。

我跟藤堂都知道他是刻意讓自己表現得開朗一點。

正因如此我們才會不知道該怎麼接話，不過大輝似乎也沒有在等我們安慰，他轉動著手臂一邊說：

「去搭訕女生轉換一下心情好了。悠太，你也來陪我吧。」

「白痴。我最好是辦得到。」

面對大輝逞強說出的這句話，我只是聳了聳肩。

「為什麼啦，你又沒有女朋友。」

「難道你覺得我有那種勇氣嗎？」

「有吧……算了，也是啦。你現在一心只想打排球嘛。」

大輝將手中的排球往前扔幾公尺。

那裡有我們劃分出來的簡易排球球場。我們三個來到這裡之後，在球場這邊的同好會成員們便一起轉身看過來。

「學長～！想來打一場雪恥戰嗎！」

志乃原也在那群人當中，對我這麼大聲喊道。在她身旁的美咲也對著我們揮揮手。

我在舉起手回應她們的同時，不禁這麼想。

如果關係在一瞬間就會結束，那麼這段時間或許就像一場奇蹟一般。

撿起落在沙灘上的球，我再次投向球場。

這時吹起了一陣格外強烈的海風。

球劃出一道歪斜的軌跡，遠遠落在偏離球場的地方。

這時，放在口袋裡的束口袋震動了起來。

是手機在震動。

就像要把我拉回現實一樣。

宛如在宣告夢境將清醒一般。

第13話　情慾

前任。

深刻理解一個人，並喜歡那個人的一切。但在這樣的關係結束的時候，就會被冠上這樣不名譽的稱呼。

我很討厭「前女友」這個詞。

儘管這個詞最適合用來形容我跟悠太之間的關係——不，說不定正因為如此才討厭。

感覺就像在被暗指「已經沒有妳登場的餘地了」一樣。

高中時，即使離開社團的學長姊回來練習，也沒有地方可以讓他們發揮鑽研過的能力。

如果是到大學也持續參加社團的人就罷了，但連明顯不是如此的人也會來弓道場露臉。

一邊看著學長姊拉弓射箭的樣子，我常會抱持一個疑問。

為什麼都離開了，還要回到弓道場來呢？

現在我懂了。

只是因為覺得寂寞罷了。縱然知道已經沒有自己登場的餘地，還是不願相信。正因為內心某處存在著無法接受的心情，才會將流露出來的情感加諸在弓箭之上。

射出了一箭又一箭，慢慢整頓內心的情緒。

現在的我，在旁人看來或許也是如此吧。

我也有在努力。盡量到他所屬的同好會露臉、慢慢調整跟悠太碰面次數、將內心的想法如實說出口，為了讓他能將我視為異性看待而做些不習慣的挑逗等等。

還有希望他能更加了解我，邀請他來大學玩。

……這些全都是在整頓內心的情緒？

無論接下來要採取怎樣的行動，都只會被歸類為離開的人在整頓內心情緒而已嗎？

我不要。我不要這樣的結果。

然而現實並沒有仁慈到能由我操控。

由我提議讓他跟真由體驗交往，只不過是拉近了他們兩人之間的距離而已。並沒有讓我這個存在，再次浮現於他的選擇當中。

豈止如此，最近悠太的眼神——就跟過去的我一樣。就跟我看著已經離開社團的學長姊回來的目光一樣。

悠太的眼神彷彿在俯瞰著我的行動，並默默看顧著一般，神情既溫暖，卻又冷靜。

我知道正因為悠太很重視我，所以才會這麼溫暖。

但也明白正因為悠太理解我的想法，所以才會那麼冷靜。

因為將重新開始的終點定在復合這樣的思考模式，正是我對他說過的話。儘管沒有直接說出「復合」兩個字，但我的很多言行，想當然會被這樣解讀。

我的行動大多都會造成悠太的負擔。

他就算撕破嘴應該也不會講出來……但我恐怕是完全沒有機會了。

如果在他心裡只有我一個人，那只是一場長期抗戰。

然而他的身邊有著最強的情敵。

若想與之抗衡，就得拿出她們不會採取的手段……但真的有這樣的手段存在嗎？

只要我還是前女友，只要我沒辦法再從初次見面的階段重來一次，不成氣候的手段就沒有任何意義。

真希望他能乾脆忘記我這個人。

若是能消除他的記憶，我覺得自己還比較有機會。

然而得出這個結論的我，陷入了自我厭惡之中。

……我也太差勁了。

換作是彩華，一定會以他為優先。絕對不會產生「如果能消除他的記憶」這樣的念頭。

……但是。但是，我真的別無他法了。

只要我在悠太的認知裡還是前女友，只要他還認為我是「相坂禮奈」，機會就不會降臨。不同於其他人，這次我打從一開始就處於不利的狀態之下。

我知道這都是自作自受。這樣的不利條件，本來就是源自於我沒辦法好好跟他溝通的結果。

但那對我來說，依然是無論如何都不想面對的現實。

儘管我也很清楚，如果不接受這一點也無法走下去。

……就只剩現在而已了。

旅行前跟彩華通電話的時候，聽她說出像是一時脫離戰線的發言。而我對此的回答則被她打斷了。

其實，那個時候我想這樣說。

——我沒有這樣的打算。

雖然在後來的對話中，這樣的心情產生了一些動搖，結果我的決心依然沒有改變。

因為我看到彩華去溫泉旅行時的貼文了。在其中一張照片裡，拍到了一小部分的雪豹鑰匙圈。我知道那東西掛著悠太家鑰匙。那正是她有時會採取大膽行動的證據。而且也是至今仍然鎖定著悠太的證據。

這成了我前進的理由。

成了我斷去退路的理由。

而且在他身邊的那兩人，實質上是處於休戰狀態。

像真由會以與同好會成員交流為優先，還有彩華會以主辦的工作為優先，這些我都在事前的對話中確認過了。

再加上旅行也是少數我確信會讓悠太興致高昂的情境之一。能湊齊這些條件的，一定只有現在了。

所以我一再地咀嚼，好不容易嚥下自己揹負著不利條件的現實。

……得好好思考才行。

在這趟旅行啟程為止，我一直都在絞盡腦汁。

再一次就好，我需要他用坦率的眼神看我。

也需要讓他忘記我是相坂禮奈這件事。

究竟要怎麼做才能讓他拋開這些，讓他的腦中一片空白，就連我是他前女友這件事也跟著疏離，甩到意識之外呢？

我腦海中只浮現了一個點子。

解開悠太枷鎖的最終手段。

要是解開了，就無法維持現在這樣的關係。

這段夢境般的時間也將會結束。

這些我全都知道。

我在飯店的房間裡睜開雙眼。

然後拿起手機。

——時機成熟，我也做好覺悟了。

我沒有任何遲疑地操作著手機，把悠太找過來。

我並不是看輕現在這份關係。

無論經過了多久，我都想一直跟他在一起。

但我還是毫不猶豫地前進了。

只是待在一起的時間——

我所渴求超出於此的結果就在那裡。

如果可以再跟你重新開始就好了。

◇◆◇◆

被人找了過來的我正站在對方飯店房間前面。

走廊上連個人影都沒有。這層樓本來就被我們整個包下來了，所以也是理所當然的。

現在已經是接近傍晚的時段，所有「start」成員都享受著在海邊玩的樂趣。

而且「Green」正在進行其他活動。

正因為如此，我才會感到困惑。

禮奈捎來了聯絡。她為什麼要把我找來飯店呢？

「你現在來我房間好嗎？希望你別過問原因。」

就這麼一句話。

我猜想的可能性應該是她身體不舒服，但我不明白她為什麼不讓我過問原因。

「……在這邊做再多臆測也沒用吧。」

我將連帽外套的拉鍊完全拉上之後，敲了三次門。

這裡沒有電鈴之類的設備，要通知我已經抵達的方法只有這個而已。

她要是沒有注意到敲門聲，只好用手機聯絡她了。

然而這也是我多慮了，房門馬上隨之開啟。

穿著家居服的禮奈從房內探出頭來。

「悠太。抱歉，把你找過來。」

「呃，是沒關係啦。但怎麼了？妳沒事吧？」

「嗯，沒事。總之你先進來吧？」

禮奈開著門讓我進去，自己逕自返回房內。

我也稍微猶豫了一下，最後還是進到房間叨擾了。

「哦哦，感覺跟我那間房完全不一樣耶。」

我這麼說著，一邊環視四周。

「真的嗎？明明就在同一層樓耶。」

「不，基本構造我想應該是一樣的啦。只是房內的氛圍就不同了。」

差不多五坪大小的房間裡，並排放著兩張經濟雙人床。除了床之外還有一台小型電視，裡面的空間有一張圓桌跟兩張椅子。可以透過窗戶欣賞外頭的景色。但有差異的部分並非如此，而是在於行李的整理方式。

我那間房不但行李箱就這麼敞開著，家居服跟毛巾也都隨便丟在床上，非常散亂。相對地，這間房間就像在強調「怎麼可能一天就弄亂啊」一樣，保持在整潔的狀態。

而且不知為何，好像還有股好聞的味道。

「跟妳同房的人是那月吧？收得真是整齊啊。」

「嗯。所以我才想應該沒問題。」

她並沒有做出：「才一天而已會弄得多髒亂呢。」這樣的回應。

總覺得她的反應好像比平常還淡漠一點，但說不定只是我被嗆到麻痺而已。

我並沒有特別放在心上，繼續環視這個房間。

「這樣啊。說到沒問題，禮奈……」

我觀察起禮奈的臉色。乍看之下沒有特別蒼白，也不像在發燒。

「妳是身體不舒服嗎？為什麼沒跟『Green』的人一起參加活動？」

「我沒有覺得不舒服。」

聽到她的回答，我多少鬆了一口氣。

儘管我也覺得應該不是這樣，還是有些擔心。

「抱歉，讓你擔心了。」

「不，沒關係……但這讓我更好奇了，妳為什麼要回房間？難不成還是難以融入嗎？」

這是我在參加旅行之前就抱持的擔憂。

對禮奈來說，這趟旅行是跟一群本來不認識的人一起行動。兩天一夜就算了，若是要住到兩晚，難以好好放鬆的時間應該也會變多才是。

昨天沒有這種感覺，但如果是她在勉強自己……

然而禮奈卻搖了搖頭。

「不，也不是喔。是我今天想做一件事。」

「旅遊第二天想做的事？」

「對。」

禮奈一邊說著，將房間的窗簾拉了起來。

雖然是遮光性不高的窗簾，還是讓房間變得稍微昏暗了一些。是不是想阻擋紫外線呢？

禮奈走過這麼思考的我身邊，將房門鎖上。

「還是說妳想在房間暢聊嗎？之前妳也說過，沒什麼時間可以好好聊聊。」

「嗯，這也是呢。」

「在外面又很曬嘛～雖然這也是來海水浴場玩的醍醐味啦……不過算了。禮奈妳也很難得會像這樣找我出來。」

禮奈聽到我這麼說，並沒有特別做出什麼回應，只是淺淺地笑彎了眼。

「……但好像也不是喔？最近我也去女子大學叨擾了。」

我也覺得自己好像變得比平常還要多話，一邊走向房間的內側。

坐在床上好像也不太好。

「嗯。也是呢，其實也沒有多難得吧。」

禮奈總算開口說話，並坐在床上。

從大腿延伸到小腿的線條美豔動人，白皙的肌膚也一點一點地把我的目光吸引過去。在沙灘上跟在房間裡，感覺還是有些不一樣。

我搔了搔頭，到最後便向她問道：

「妳想做的事情是什麼？」

「嗯。在那之前，你要不要喝點什麼？冰箱裡有很多喔。」

「有哪些？」

「有茶，還有果汁之類。也有酒。」

禮奈移開了視線。

在她眼前有一台帶著光澤的冰箱。

「酒啊～我昨天才喝而已，現在要是喝了就不能回海邊玩了。」

「為什麼不能回去玩？」

「姑且是有這樣的規定。要是喝了酒，就得依照攝取的酒精量適當休息才行。」

禮奈眨了眨眼，接著柔和地笑了起來。

「這個規定很棒呢。想出來的人真偉大。」

聽她這個回答讓我覺得有些自豪，嘴角也不禁勾起。

我沒有跟她說提議的人就是我，因此她是單純稱讚了這個提議，讓我感到很開心。

禮奈的視線從冰箱轉移到電視上，開口說：

「那麼……要看電視嗎？」

「電視？不，我對電視沒什麼興趣。現在正在旅行嘛。」

「對耶，悠太特別喜歡旅行呢。看電視殺時間的確太浪費了。」

「是啊。旅行時就會想體驗非日常的感受。」

「對吧。悠太去年也是——」

禮奈閉上了嘴。

結果她沉默地走到冰箱，喝了一口茶並淺淺地呼出一口氣。

「那就不能浪費太多時間了。」

「現在這樣的時間一點也不浪費喔。電視在家也能看，但是只有此時在這裡，才能跟禮奈這樣聊天吧。」

「……嗯。也是呢。會想做些只有現在才能做的事吧。」

格外嚴肅的語氣，讓我不禁感到費解。

最近從禮奈身上感受到的變化。也許就是她的聲音表現出來的感覺。

「……還是喝個酒吧？只喝一杯的話我也可以奉陪喔。」

我這麼提議，禮奈睜大了雙眼。

「但這樣你不就不能回去海邊玩了？」

「沒關係啦，反正頂多也只能再游兩三個小時而已。現在大家都在沙灘上玩，我去跟他們會合也能玩得很開心。」

我打開冰箱，猶豫後拿了兩瓶HOROYOI。這個酒精濃度滿低的，只喝一瓶也不會醉。

我走到坐在床上的禮奈面前，她說：「這張是我睡的床。」並引導我坐到她身邊。

如果是那月或佳代子的床就會有問題，但既然禮奈本人都主動這麼說了，坐一下應該沒關係吧。

「謝啦。妳應該還算會喝吧？」

「嗯，這樣一瓶完全沒問題。」

「哈哈，真可靠。」

一邊說著，我的眼神瞥向禮奈的手邊。

帶著光澤的指甲保養得很漂亮，要讓她自己開瓶罐總覺得於心不忍。

我開了HOROYOI之後，將那瓶遞給禮奈。接著打開自己的那瓶，兩瓶份的甜美香氣微微掠過鼻腔。

「謝、謝謝。」

「嗯。那麼……乾杯。」

兩個瓶罐碰在一起，成了低調的信號。

我正想一如往常地喝下一兩口時——

「悠太！」

「噗！」

罐子被強制向下拉去，只有幾滴進到我的嘴裡。

「妳、妳是怎麼了啊！」

整瓶HOROYOI都被禮奈拿走，我邊咳邊這麼問道。

禮奈感覺像是忍不住伸出手一樣，垂眼看著拿在自己手上的HOROYOI。

然後她不發一語地站起身來，走了幾步將兩瓶HOROYOI輕放在圓桌上。

重新面向我的禮奈眨了幾次眼睛，隨後感覺很愧疚地向我道歉。

「對、對不起喔。但我想還是不能喝酒。」

「咦～我都想喝酒了呢。」

「晚上……再一起喝吧？如果可以的話。」

禮奈輕輕笑了笑，垂下雙眼。

我看她那對長長的睫毛感覺有些顧慮地晃了晃，也不禁緊閉了嘴。

禮奈散發出的氛圍跟平常不一樣。

明確的疑惑從我內心深處湧上。

我從床上下來踩在地上，向禮奈問道：

「可以開個燈嗎？窗簾拉上之後總覺得房間有點暗。」

「不行。」

「咦？」

我正要走向電燈開關的腳步停了下來。

「悠太，你躺上去。」

「為、為什麼？」

「你的背曬傷了，我幫你擦防曬乳。」

「不……不用啦，沒差。反正我是男的。而且也真突然啊。」

「紫外線是年輕人的天敵喔。別說了，快點吧。」

禮奈知道我背部沒有擦防曬乳嗎？

總覺得要拜託大輝跟藤堂這種事有點難為情，所以我就沒擦了。

可能是我的肌膚比較耐曬，現在還不覺得痛，但確實想擦一下。

「不然背部會破皮，很刺痛喔。還是我來幫你弄破好了？」

「太、太可怕了吧！我知道了啦！」

這句話聽起來讓我感受到前所未有的恐懼，無可奈何之下只好趴到床上。

床上傳來一陣花香，我忍不住抬起臉來。

「這張床是禮奈的對吧？」

「嗯。不是那月的喔。」

「那就好……」

鬆了一口氣之後，我再次趴在上頭。

「我身上的味道你應該知道吧。」

背對著也能知道禮奈爬上床來了。

「悠太。」

「怎樣？」

「放鬆點吧？我動作會很溫柔的。」

……看來我的身體似乎有些緊繃。

做了兩三次深呼吸之後，緊張感也漸漸緩解下來。

……緊張感？

當我感到困惑的時候，連帽外套被她緩緩捲起。

接著傳來打開蓋子的聲音、液體擠出來的聲音，以及合起手掌搓揉的聲音。

禮奈濕黏的掌心貼上我裸露出來的背部。

從背部延伸到腰際，手掌再緩緩移動到背部。

「……好癢。」

「嗯。不過這很重要。」

禮奈語氣平靜地答道。

她的聲音比剛才還要靠近。原本跪坐在我腰部旁邊的禮奈，從我的眼角餘光消失了。

儘管這麼仔細地擦了防曬乳，但現在都快傍晚了，這個防曬乳也只剩幾個小時的效用。

疑惑。

我不禁產生內心的天秤漸漸傾向確信的錯覺。

不，但是……

應該還沒問題。現在還可以。

這時傳來細微的呼吸聲以及衣料摩擦的聲音。

「轉過來吧。」

禮奈的手穿過我的側腹跟床的縫隙，並輕輕向上壓去。

我在她的引導下變成仰躺。

就在這個瞬間，禮奈跨到我身上來。

還以為她是要移動到另一邊，然而禮奈就這麼跨坐著停下了動作。她稍微將體重壓到我身上，我費解地抬起視線。

之前她覺得將體重靠到我身上是一件那麼難為情的事，現在的禮奈卻滿不在乎的樣子。簡直就像在說，若是跟接下來的行為相比，這根本算不上什麼似的。

「悠太。你也幫我擦防曬乳吧。」

「啊，擦防曬乳？用這樣的姿勢？」

還以為她在開玩笑，我不禁又重複了一次同樣的話。

而且禮奈想必早在中午之前就已經擦好防曬乳了。要不是她這樣多加注意，絕對不可能保持這身如雪般的白皙肌膚。

像這樣帶著光澤卻又兼具滑順觸感的細緻肌膚，絕對不是像我這種男生會有的。防曬乳這種東西，她絕對已經擦過了。

然而禮奈的眼神還是那麼直率。

「妳、妳叫那月幫妳擦啦。」

「那月現在又不在這裡。」

「難道妳還沒擦嗎?騙人的吧。」

「沒有騙人。我是刻意留到現在。」

禮奈這麼回答，溫柔地觸碰了我的大腿。她直接摸上去的觸感，讓我不禁緊咬下唇。比起剛才，她更加重了壓過來的力道，我沒有使出全力就難以推開她。

儘管難以拿捏，我還是先靠蠻力讓她退開好了。

就在我這麼想的瞬間。

「衣服也該脫掉才對吧。」

「啊?等——」

沒留給我制止的機會，禮奈就脫去了家居服。

「呃，妳……」

令我如此驚訝的，不是她脫下衣服這件事。

而是因為那底下穿的並非泳裝。

昨天她穿的泳裝沒有像這樣凹凸不平的材質。

也沒看到金屬製的釦環。

然而四下再怎麼昏暗，光是從窗簾縫隙間透進來的陽光都足以讓我分辨出來。

「為、為什麼是內衣啊！」

當我撐起手肘想要抽出身體的時候，禮奈的身體快了一步倒了下來。

因為她突然逼近的關係，讓我的手肘無力地伸直，完全變成被她壓倒的樣子。禮奈的重心轉移到我的右手肘跟左鎖骨。甜美的氣味越來越靠近。

「你應該知道吧。」

禮奈低語般的聲音，在我耳邊吐出氣息。

我單手移動到身側。為了抽離身體，我再次往手肘施力，卻還是立刻被抑制住行動。

貼到我腰際的大腿傳來禮奈的體溫。

十分炙熱。

床單也漸漸染上一股熱意。

「我之所以找你過來……」

並不是因為身體不舒服。也不是因為沒能跟大家打成一片。

再加上，沒有和那月跟佳代子待在一起，繼續留在飯店裡的理由。禮奈不再有所隱瞞，將目的化作言語說了出來。

「就是為了讓你抱我。」

時間靜止了。

我睜大了雙眼。

「妳是為了這個……才找我來？」

一直存在於內心一隅的擔憂。

我一直懷疑禮奈想改變現在跟我之間的關係，現在已得到證實。

如果只是抱持著戀慕的情感，總有一天會消失殆盡。我並沒有足夠的魅力能留下禮奈的心。我是這麼想的。或許這只是下意識在逃避而已。

就算禮奈的心情傳達了過來，還是刻意沒有明說。

所以聽到佳代子的忠告時，我第一次感到焦躁。因為我不曉得要是禮奈不接受現在這樣的關係時，我該怎麼應對才好。

但現階段我明確知道一件事。

「要是做了，就回不去喔。」

禮奈突然停下了動作。

「……什麼嘛。那我們不就早就回不去了。」

「為什麼這麼說？現在的我們也是很正常的——」

「是嗎？從外人看來，我們真的是正常的朋友關係嗎？」

只要我們彼此都能接受就沒關係。我差點說出口，但還是閉上了嘴。

正是因為禮奈無法接受，才會變成「這樣」。

我們在夜晚的公園裡讓這段關係重新開始的時候，確實談了未來的事情。但這跟有沒有接受現狀是兩回事。

禮奈伸手擺到自己的胸口。

露出細緻的肌膚隆起的雙峰，挑逗著男人的情慾。

「悠太，你為什麼要把所有事情都講得那麼婉轉呢？」

「什麼意思……」

「我有想過。悠太這樣的舉止，並不是因為害羞。只是不願回想而已吧？」

她這句話讓我停下動作。

「為什麼要裝作沒有發生過呢？真的一點都沒有回想起來嗎？你看著我，真的沒有任何想法嗎？」

「因為……」禮奈繼續說了下去。

「——全都已經『做過』了啊。」

聽到這道平靜的聲音，過去的情景也掠過我的腦海裡。

那是在一年多前的我家。

禮奈第一次來我家過夜的那晚。我們各自沖過澡，晚上十二點時兩人一起躺上床。

玩著平常不會玩的猜謎跟接龍，夜幕越來越深，棉被裡也凝聚了熱意——床微微陷了下去。

陷進去，又浮起來，然後再次陷進去。

……禮奈換了一個姿勢。

我硬是將剛才回想的情景拋諸腦後，緊咬下唇。

這個瞬間，禮奈用雙手輕觸了我的嘴邊。

她溫柔撫摸的動作，想引出男性的本能。這讓我像被鬼壓床一樣動彈不得。

「看著我。」

「什——」

「『沒關係』的喔。」

禮奈拉近了距離。

「悠太是我的第一次喔。」

她靠了過來。

「我也是悠太的第一次。」

而且越靠越近。

「現在——我就讓你全都回想起來。」

時間靜止下來。

——不，是倒流回來了。

感覺就像突然給乾涸的腦袋傾注水分一樣。

我將那些想忘記，覺得非得忘記才行的記憶趕到角落去，然而那些情景接連閃回。

我觸碰過禮奈的肌膚。

她的嬌嗔、微微皺在一起的表情、感觸，我全都知道。

「啪」的一聲，腦袋的思考迴路也隨之切換。

濁流般沖進來的記憶倒映在視野當中，與眼前的禮奈同化了。

究竟是過去、現在，還是未來，無論眼前的光景是什麼時候的都無所謂了。

貼近過來的禮奈晃動了一下。

我只知道接受了這股性慾的肉體，同樣渴求著我。

對方也渴望著這份快爆發的情慾。所以我也——

這時耳邊似乎聽見了某個聲音。這與眼前的光景相比相當微不足道，是在日常生活中也從未在意過的聲音。

手錶的指針前進的聲音。

——禮奈想要的是時間。

她說過：「再留下一起相處的時間吧。」也就是說，現在還沒留下。

這代表她希望復合。

我像是彈起來一般拍打了床。

禮奈的身體也抖了一下。

「禮奈！」

不知不覺間，我的呼吸也變得急促。

「……嗯。」

「男人會有性慾勝過理性的瞬間。如果連零點一秒的瞬間也算進去的話，大概所有男人都是如此。現在也是──」

我調整了呼吸，侃侃說了下去。

「可是，我不希望這成為我對妳出手的理由。實際上會不會做是另一回事。但我不會對妳出手。要是那麼做了──」

我腦海中浮現大輝的話。

「就再也不是純粹的關係。」

白天我們聊的那段對話。就這層意義來說，我和禮奈已經不是了。那傢伙或許是想告訴我這件事情……不過，現在已經無關局外人了。

我自己發誓要真誠地面對禮奈。

再怎麼說，現在要是隨波逐流就稱不上是真誠了。

「……悠太，你是去哪裡修行過了嗎？」

禮奈這麼低語，伸手貼上我的胸口。

大概是感受到我激烈的悸動，禮奈一臉哀戚地垂下雙眼。

「……好不可思議。你的心跳明明這麼快。」

這是不爭的事實。實際上我的心跳還沒恢復正常。

「我就這麼沒有魅力嗎？」

「沒有魅力的話，我的心跳也不會這麼快了好嗎。」

我手肘一個使勁。

緩緩撐起上半身之後，禮奈也終於退開身體。然而她的單手依然攀在我的脖子上。

「真的不用嗎？」

「嗯。」

「我——」

……再這樣下去，就會變成佳代子擔心的那樣。

為了禮奈著想，我更不能繼續下去。

天秤已經壞了。

失去了勉強保留的扭曲平衡，同在一個屋簷下的孤男寡女。我們已經回到那樣的關係了。

「……禮奈，我們必須拉出一條界線。」

「……嗯。這也是我的……最後的手段了。」

禮奈輕輕一笑，離開了床。她穿上連帽外套，將拉鍊拉起。

「……你回去玩沙灘排球吧？我也會在晚餐的時候……不，不是這樣吧。」

「……禮奈。」

跟著我到房門口的禮奈，一邊打開門，一邊輕聲說道：

「我們不會再見面了吧。」

聲音中不帶著任何惆悵，她平靜的話語讓我不知道該怎麼回答。

感覺就像將收在腦海裡的話直接說出口一樣。

「我會冷靜一下。」

禮奈露出微笑。剛才那番情景宛如虛構一般。

「『掰掰』，悠太。」

房門隨著這句話關上。

我一時佇立在原地。
冰冷的房門，再次隔開了我們兩人。
我們再也——

第14話　彩華的意見

這趟旅行的最後一頓晚餐，是兩個同好會一起烤肉。

超過百人的大學生包下整個烤肉設施，舉辦一場長達好幾個小時的派對。

這附近既沒有飯店也沒有住宅區，因此大多數的人都盡情地大聲喧囂，玩得很開心。

在都會區很少能辦這種規模的烤肉派對，因此各個同好會成員都是一副盡興的樣子。

派對開始之後過了一小時。太陽已經完全西沉，時間來到晚上八點左右。

我一個人坐在距離派對會場幾公尺遠的石牆上。

兩隻腳晃來晃去的，只是茫然地看著海浪。

起起伏伏的海浪一下打上岸，一下又退了回去，在這樣反覆之中維持著海岸邊的水平。

……反反覆覆。

「你是怎麼了嗎？」

我瞥了一眼，只見彩華正俯視著我。

……我完全沒有察覺。

從派對會場出來之後要繞個半圈，才會抵達這面石牆。而且還是用帳篷那種東西隔開，從大家的視野看來這裡完全被遮住了，要不是特地出來尋找，應該不會有人跑來這個地方才對。

……不，現在也差不多是產生醉意的人想吹吹晚風的時候了吧。

「欸，我在跟你講話耶。」

「不……沒什麼。沒事啦。」

「是喔？我看你一臉被甩的樣子。」

彩華喝了一口HOROYOI之後，在我們之間放了一個小盤子。

上面是等距串起肉類跟蔬菜的四支烤肉串。

「你什麼都沒吃吧。我幫你烤好了，快吃吧。」

「……謝啦。」

我伸手拿起烤肉串。碰到還帶著熱意的烤肉串之後，又馬上放回去了。說真的，我實在沒有心情吃烤肉。

彩華並沒有對於我這樣的舉動特別深究什麼，只是在我身旁坐了下來。

「哦。海風還滿舒服的嘛。」

「嗯。」

其實也因為是海風才會讓身體黏黏的，但在吹過來的那個瞬間的確令人心情平靜。細浪的聲音，能讓我忍住情緒。

「……真由正在找你喔。現在是沒關係，但應該再過個一小時左右，她就會跑到外面來找人了。」

「……這樣啊。」

我垂下眼，抬起一隻腳踩在石牆上。

雖然這個動作不帶什麼特別的意圖，彩華還是制止我：「喂。」

她先輕輕將手擺在我的膝蓋上，但馬上就抽回了。

「你啊——」

彩華再次眺望著大海，瞇起了雙眼。

海風吹得彩華的頭髮輕盈飄逸。她用手抓住頭髮之後，嘆了一口氣。

「不，沒什麼。我會幫你隨便找個理由瞞過真由的。」

彩華站起身來，拍掉沾到臀部的沙子。

沙子鬆散地從她手背落下。

「我不知道你究竟在苦惱些什麼。總覺得這次我幫不上你的忙。」

……苦惱。

我皺起眉頭。無論理由為何，我都不能讓她猜出原因。

這樣太對不起禮奈了。

「還是說，你有什麼事想問我的嗎？」

彩華用平靜的聲音這麼說道。

……想問的事情啊。

我猶疑了一下子，最後開口說：

「只有一件事。」

「嗯。」

「但我要先澄清，我並沒有在苦惱什麼。只是想沉浸在海邊惆悵的氣氛中而已。」

我這麼一說，彩華便眨了眨眼。

接著她淺淺笑著說：「是喔。」並重新坐回我身邊。

……若不是這麼說，搞不好會被彩華猜出來。就算我完全沒有提及發生的事情以及人物，彩華這個人還是有可能看穿真相。

但她第二天沒有跟禮奈一起行動，因此兩人之間應該沒有什麼接觸才是。

即使如此，考慮到這一點可能性，我看還是不要問出口比較好——

「我當然知道啊。所以我才在說沒時間陪你在這邊裝憂鬱，要你趕快回去啊。難得都出來旅行了。」

「是、是喔……」

她開朗的語氣讓我愣了一下。彩華說著：「是啊。」並勾起嘴角，從小盤子上拿走一串烤肉串。

先是咬住肉塊，接著從竹串上抽出來。看著彩華津津有味地嚼著的樣子，讓我放心不少。

我也同樣拿起一串，吃了插在最上面的青椒。一陣苦味在嘴裡擴散開來，讓我不禁閉上了眼睛。

就連平常我不會主動去吃的青椒，現在吃起來感覺也剛剛好。

「……妳高中的時候有被榊下告白過吧。」

「好久沒聽到這個人了。嗯，是沒錯。」

彩華轉眼間就吃個精光，將細細的竹串放回小盤子。

「……我到現在還是無法原諒那傢伙做過的事情。但在向妳告白過的那些人當中，那傢伙的素質算是最高的吧。」

「嗯。客觀看來的確是。」

「如果那傢伙人超好，也不會做出陷害人的那種行徑。假如這樣的榊下一直都喜歡著妳，妳會怎麼做？」

彩華仰望夜空，歪過了頭。

「呃……我不知道。而且我也有點難以想像新版本的榊下是個怎樣的人。這些事情如果沒有實際發生，那就不好說。」

「……嗯，這倒是。就其他人來說也一樣吧。」

我接連問了這些，不知道會不會讓她覺得不對勁。

我這麼自省著，嘆了一口氣。

但彩華好像只是一時不知道該怎麼回答而已，她接著開口說：

「嗯──大概會讓對方知道我很高興他對我懷有好感……就這樣吧。我不會自己想要做什麼。」

然後彩華表示：「我不知道你想問的到底是什麼。」並繼續說了下去。

「不過我應該一直都跟你說，應該要以自己為優先去思考事情吧。但你也知道，就只是稍微改良一下而已。」

彩華苦笑了一下，便聳了聳肩。

「但唯有一個想法沒有改變。」

「想法？」

我不禁反問，彩華也點點頭。

「嗯。那就是應該要為自己的行動負責。」

彩華又喝了一兩口HOROYOI，將罐子放了下來。

不知不覺間海風也停了，後方幾公尺處傳來的喧囂聲也比剛才還要響亮。

不可思議的是，彩華的聲音沒有任何散去的跡象，直接撼動了我的耳膜。

「對方也該為自己的行動負責，我是這麼想的。所以就算一度被我甩過的男生又來追我，然後再次被我甩掉……我也不會覺得內疚吧。如果明顯是我引誘對方，那又是另一回事了。」

彩華補上一句：「但也不可能有這種事啦。」接著又說：

「當然也會有人認為這個想法只是一種逃避。實際上當我跟一度甩掉的對象變得友好之後，就會被抱怨說我不負責任。所以我才會為了避免被再次告白，搶先一步採取冷淡的態度，結果又被揶揄我自以為是，真是夠了。」

彩華可能是回想起國高中時的事情，又露出了苦澀的表情。

「不過，重點就是到頭來要配合哪一種價值觀，都端看自己的決定。畢竟也沒有折衷的應對方法嘛。」

「結果是看自己啊。」

「對。無論採取哪一種應對方式，要是超出平均值，結果還是會被抨擊。凡事都是這樣。你想，大家好像也都會嫉妒我吧。」

「啊哈哈。」

「你那是什麼毫不掩飾的陪笑啊！」

彩華雖然握緊拳頭，最後還是乖乖放下了。

「平均值這種東西，不過是龐大事例中的其中一個而已。誰會知道每一件事情的平均值、是不是適合自己這個人格以及所處的狀況啊。」

誰都不知道——彩華的意思是這樣嗎？

但我的推測錯了。

「『只有自己知道』。所以有些事情只有自己能決定。我們已經是這個年紀了。套在對方身上也說得通喔。就如同你會去想很多事情，大家也都有著各自的煩惱。畢竟做出來的言行舉止，就是那個人經過一番思考的結果。」

我的臉不禁朝著膝蓋埋過去。

……彩華所說的，跟我遇到的狀況並不同。

彩華雖然提及甩掉對方兩次的狀況，但那都是被對方告白為前提。

我跟禮奈的關係無法直接套用進去。

不過——或許多虧我跟彩華相處了這麼久，我能坦率地信服她的價值觀。

「已經是這個年紀了啊。確實如此呢。」

我藏起內心的想法，用平板的語氣這麼回應。

彩華將又被風吹散的頭髮勾在耳後，朝我看了過來。

「舉例來說，假設你的某一項價值觀有點奇怪好了。你會怎麼做呢？總是用配合接近平均值的價值觀再採取行動嗎？」

「……我——」

我會怎麼做啊……我把狀況套用在幾個小時前發生的事去思考。

那正是不存在明確平均值的事情。

然而要以倫理或外在的觀點來說，確實有個可稱為妥當的點。

前任男女朋友獨處一段時間。再次對於男女關係產生自覺的當下，這樣曖昧的關係就不能再持續下去了。

面對無法強調「只要當事人都能接受就好」的現況，我就找不到可以支撐我們這段關係的證據。

……但是……

彩華一邊直直注視著我，一邊說道：

「有時候確實去配合平均值會比較好。同樣的，也有不去配合比較好的狀況。但如果為了讓自己可以維持自我而必須這麼做，那其實不用去妥協也沒關係吧。」

「為了讓自己維持自我……」

這句話聽起來很美。而且也我知道彩華的話，都是基於她過去實際發生的事情，所以也很有說服力。

但在我心中還是只能懷抱著茫然不清的感想。

理由顯而易見。因為我不像彩華那麼擅於自我分析。我不像彩華一樣，可以掌握自己的感情。我沒辦法獨自順利得出結論，知道自己究竟想怎麼做。

說真的，我還想多問問彩華的想法。我想藉由跟彩華的對話決定接下來該採取的行動。

但我想盡可能地不去依賴她。

畢竟彩華不會永遠陪在我身邊。

所以直到長大成人之前，至少要具備足以自己解決煩惱的力量——我最近就是懷抱著這個想法走過來的。

咬緊牙根，我持續眺望著夜晚的大海。感覺好像要被捲入那漆黑的漩渦之中了。

就在這時——

「當你迷失自我的時候，還有我在。」

我睜大雙眼。

不禁朝著身旁看去，只見彩華輕輕抵著自己的膝蓋，撐著臉頰直直看著我。

「……至少在迷失自我的時候，好好依賴我一下吧。這跟念書或考試不一樣。總是會有只靠自己一個人也無能為力的時候。」

我再次感受到口袋裡的觸感。

上頭有著向日葵圖樣的束口袋。

——幾小時前忘記歸還的東西。

我……

「我如果有個難以訣別的對象……」

「羽瀨川悠太會追上去。你就是這樣的人。」

「……也是呢。」

我一股勁地站起身來。

海面倒映著月光，反射出光輝。我看著眼前這樣的景致，一邊簡短地對彩華說：

「謝謝妳了。」

「我只是陪你說話而已啊。總之，我會在這邊醒醒酒啦。」

彩華朝我揮著手，又喝了一口HOROYOI。

接著，她靜靜地說：

「慢走。」

那雙溫柔的眼睛，微微動搖了一下。

★第15話　祖母綠

我一個人坐在海濱公園角落的涼亭裡。

儘管有些封閉感，還是多虧了周遭的景色，待起來還算自在。

在設置於遠處的日光燈與月光的照耀下，儘管已經晚上九點多，待在涼亭裡還是勉強可以看得清整體。

……我的心情多少平復到可以像這樣冷靜地觀察結構了。

自從用ＬＩＮＥ把禮奈找來，已經過了一小時。儘管腦中有各式各樣的思考不斷縈繞，現在一心只想著不知道禮奈會不會赴約這件事。

但看樣子應該滿困難的。

「……沒來啊。」

我也覺得這是無可奈何的事。

距離我們被那扇冰冷的房門隔開也才經過五個小時左右。

在還沒好好睡過一覺的狀況下找她出來，會不想跟我碰面也是理所當然。雖然覺得這是理所當然，我還是不想要離開。

烤肉派對還有一小時左右才結束。至少在那之前，我想一直在這裡等待。

我從口袋裡拿出束口袋。

裝在裡面的，是我們在梅雨季通電話那時，我久違地拿出來的一樣東西。不知道禮奈有沒有注意到呢？

禮奈說過，她「平常都在用這個」。

既然如此，這東西……

「……悠太。」

外頭傳來一道平靜的聲音。

我回頭一看，穿著連帽外套的禮奈就佇立在眼前。

「禮奈。」

「你要還我什麼東西？」

「妳先進來啊。」

「……情境跟剛才相反呢。」

禮奈垂下眼瞼。

她猶豫到最後才走了過來。

「坐著吧。」

由於禮奈依然站著，我便催促她在身旁坐下。

「……可以嗎？」

「妳累了吧。」

「……嗯。」

禮奈緩緩地在我身旁坐下。

她直到剛才應該都身在烤肉派對會場，身上卻一點炭烤的氣味都沒有。

「晚餐吃了嗎？」

「我中途就溜出來了。總覺得沒那個心情。」

禮奈這麼說了之後，又連忙補充：

「……這樣說也太狡猾了對吧。抱歉，我不是那個意思。」

「……我知道。」

因為我也是這樣。

我硬生生將差點脫口的這句話吞了回去。

「悠太……你有好好吃晚餐嗎？」

「沒有。我只吃了青椒。」

這麼回答之後，禮奈輕聲笑了起來。

「也太奇怪了。這一點都不像悠太。」

「妳覺得我只會顧著吃肉嗎？」

「嗯。不過應該會吃點南瓜之類。」

「都被妳看穿了。」

「呵呵。我們以前有一起烤肉過嘛。」

禮奈大概回想起過去約會的情景，笑彎了眼。

接著朝我瞥了一眼之後，稍微低下頭去。

「……我太卑鄙了對吧。」

「咦？」

「只要我說出了不會再見面這種話……悠太就會滿腦子只想著我。這點我明明就很清楚。」

「我也沒辦法邊想事情，邊跟其他人說話。要傾吐出堆積已久的東西時，我也顧慮不了那麼多。」

「即使如此，我還是要向你道歉。結果我還是完全無視悠太的心情……做了那種事。」

「……妳沒必要道歉。」

「是啊。已經沒必要了。」

「我不是這個意思。在那之後我確實滿腦子只想著禮奈，但就算妳最後沒有那樣說，結果還是不會改變。」

禮奈先是緊緊閉著嘴，幾秒後又閉上雙眼。

「……也是呢。我都用了那麼偏激的手段。」

禮奈只穿著內衣的身影掠過我的腦海。

那副魅惑的身體在昏暗的天花板底下，明確地倒映在我眼中。

我緊緊捏了一下自己的太陽穴，驅趕了這番思考。

「悠太說要拉出一條界線，那是對的。」

禮奈伸手抵著胸口，緊緊抓住連帽外套。

「……我也明白。但比起這些對的事情，我想要的結果是再次成為悠太的戀人。」

「……所以妳才會那樣做嗎？」

「嗯。我想要你把我當一個女生看待。」

傳達到全身上下的一個人的重量。還有觸碰彼此時，那細緻的肌膚傳來的安心感。

確實有那個一瞬間，我差點就要沉浸在那種感覺裡了。

當時眼前看的明明是現在的禮奈，卻與過去的禮奈重疊在一起。要說有那麼零點幾秒間，像重回還在交往時的感覺也不為過。

禮奈或許從我的表情中看出這份心思，她先點個頭。

「但是啊，看到悠太的表情我就懂了。悠太就算對我出手，最後也還是不會再次喜歡上我。」

「……對。」

我簡短地肯定之後，禮奈露出了苦笑。

接著她背靠上牆壁，嘆了一口氣。

「我之前還想說，要是再次發生關係，說不定就可以復合了。我覺得自己只剩下這個手段而已。」

禮奈的手觸碰著自己的身體，咬緊下唇。

「既然要參戰就只能採取速戰速決的方式。既然如此，這就是最大的攻擊手段。我在理解失敗風險的前提下，用了這個方法。」

「妳之所以說不會再見面，跟這個有關嗎？」

「……是啊。採取了那種行動……既然被阻止了，勢必會變成這樣。」

「妳果然早就決定好了啊。」

「嗯。該說是一種了結嗎？也可以說是責任吧。你想想，要是失敗了，屆時對悠太就太失禮了。」

「失禮？」

「我可是決定用誘惑的方式，煽動悠太那份重要的心意喔。如果成功就算了，但要是失敗的話……不能靠近會有這種想法的人。」

……大家都是經過一番思考才採取行動。

禮奈也不例外。在採取那個行動之前，就已經想好失敗時的事情了。

正因為如此，她那時才會說：「不再見面。」光聽她的聲音就知道，那並非突然想到就說出口的話。

那時我會覺得不太對勁，是因為禮奈將事先準備好的話直接說出口的關係。

「只要冷靜下來想想，就會知道悠太並不會因為這樣而產生動搖。但我太焦急了。何況又看到悠太最近的心情越來越平靜。」

「……要是無論過多久都平靜不下來，就沒辦法好好跟妳說話。畢竟，我們都從零開始，重來一次了。」

——只要雙方都能接受，就算準備一條除了前任之外的嶄新道路也沒關係吧。

過去的我做出這個結論跟禮奈相處。我相信即使找不到一個「回到朋友關係，或是成為摯友」這樣具體的終點，只要可以建構出我們固有的關係就是最好的結果了。

但從禮奈的表情看來，就知道那也太荒誕無稽。

我期望的白日夢，就是曖昧不清到只要具體思考一下，立刻就會如煙霧般散去。

其實幾乎從未被她坦率地採信過。

「劈腿之類的事情就相互抵消當作沒這回事。在那個公園交談的當下，我們想必是懷著相同的心情吧。」

「……我以為可以變成一段新的關係。但現在想想，那也是我的任性。」

「不，光是可以再跟你保持聯絡，我就很開心了。所以一開始我也打算跟悠太重回朋友關係喔。我比普通朋友還更了解悠太。而且你也很了解我……」

禮奈直直地注視著我。

接著她用手輕輕敲了一下額頭，吐著舌頭說：

「但是抱歉，我很快就感到挫折了。跟你相處的時間越長，我就越喜歡你……」

禮奈久違地來學校找我的時候。

禮奈到體育館找我的時候。

其實那時我就已經注意到彼此認知上的差異了。

然而，我還是很想相信。

相信只屬於我們的嶄新道路，其實說不定真的存在。

但是——現在狀況會變成這樣，就代表那是錯誤的決定。

我逃往「重新開始」這句話開闢的退路，而不去正視我們至今累積起來的東西。明明包含了過去以及一切，我跟禮奈之間的關係才能算是完整。

「就算我想把話壓抑在心底，還是會不小心說出口，像要挑起你的注意似的。這應該讓你覺得滿困擾的吧。」

「我怎麼可能會覺得困擾！」

禮奈閉上了嘴。

「我很開心。那讓我覺得很開心。有人對我抱持好感，我怎麼會不開心……」

這時我突然回想起高中時的彩華。

……我不該這麼說。

剛才說的這番話，不過是我的主觀想法罷了。想也知道這樣的念頭並不適用於每一個人。

禮奈似乎也是這麼想的，她看向了遠方並答道：

「真的是這樣嗎？我……大多時候都不太開心。不，應該說幾乎沒有為此開心過。所有事情，悠太都是我的第一次喔。被人告白會覺得開心，也因為是悠太……」

「確實他人對自己抱持好感，不一定都是令人開心的事。但禮奈對我抱持好感，我真的打從心底感到開心。」

「……你怎麼能這麼篤定呢？說得出理由嗎？」

禮奈展現出哀戚的笑容，微微歪過頭。

這句低語般問出口的話，傳進我的耳中。

她要一個明確的理由。

——我當然說得出口。

這並不是臨機應變才說，而是我的真心話，所以我才能在帶有緊張感的狀況下侃侃而談。

「禮奈了解我這個人的個性。禮奈也是最切身明白我有很多不好的地方。我是個很廢的人耶。要不是到了沒有退路的最後關頭，我甚至無法像這樣直接說出口。」

禮奈先是微微張了嘴，然後又閉上了。

她淡紫色的眼睛猶如浪潮般晃動。

「但禮奈總是願意接受這樣的我。我想應該有很多事情是不能用一句『因為我喜歡這個人』就能帶過去。這樣……」

我咬緊牙關。

現在說出口的一字一句，真的能打動禮奈嗎？我那個時候都已經如此明確地拒絕禮奈了，現在竟然用同一張嘴——

但我得告訴她才行。

我不知道毫不掩飾地直接說出自己的想法，算不算是真誠面對一個人。

然而我會謹守之前我們說好的事。我相信唯有這點一定是真誠的情感。

——要將內心的想法說出口。之前禮奈說過好幾次。

不把話說出口而產生摩擦的關係。如果我們當時都能鼓起勇氣，直接講開就好了。

所以此時此刻，我要將一切都化為言語。

也說給那個時候的我們聽。

「這樣，怎麼會是困擾呢？就算完全撇開我根本沒資格這樣說的前提，我也從來都不覺得困擾。對我來說，禮奈對我抱持好感就是一件這麼……這麼寶貴的事。並非誇大，我是真的對此感到很開心。」

如果禮奈是說「再也不相見」，我就不會來到這裡了。

因為那樣的決定，沒有我的想法可以介入的餘地。

正因為她說「不會再見面」，我才會在這裡。

因為那是可以根據我的想法去顛覆的決定。

「我以後也還想再見到妳。想跟妳見面，想跟妳聊聊天。」

人跟人碰面的理由，光是如此應該就足夠了。

思考各自該如何應對只是次要。比起理論上的思考，我想先以這份情感為優先。

這跟念書不一樣。

人際關係比起理論更重於情感。

這就是我的結論。

無論身處哪一種價值觀之中，都會有持反對意見的人。正因為如此，我才想順從自內心湧上的情感。

「要說現在立刻回到上星期之前的關係，或許稱不上是為禮奈著想。所以，總有一天可以那樣相處就好了。」

「……我也想跟你見面。但我沒有理由跟你見面。」

「我們都是彼此重要的人。光這一點就足夠了吧。」

「重要？」

禮奈像是不知道該怎麼回答一樣，只能重複一次這個詞。

「對。我那時候要是對妳出手了，就沒辦法說自己是珍惜妳的。」

聽我這麼說，禮奈沉默了一陣子。

我也靜靜等著禮奈的回應。

並不是透過話術引導出來，也不是隨波逐流的結果，我只想聽到她打從內心深處湧上的率直話語。

最後，禮奈那雙淡紫色的眼睛朝我看了過來。

「你真的……珍惜我這種人？」

那是她打從心底問出來的話。

我從口袋裡拿出束口袋來。

將手伸進畫著大大向日葵圖樣的束口袋中，指尖就能碰到某個金屬物。

在我取出來的瞬間，禮奈睜大雙眼。

那是有著祖母綠裝飾的手鍊。

以前我們一起買下來的成對物品。

「那是……」

「妳還記得我們買這條手鍊時的事情嗎？」

「……當然記得啊。」

我牽起禮奈的手，替她戴上手鍊。

「……我都做足那樣的覺悟了。這會讓我產生動搖。」

她這麼說的語氣彷彿在壓抑著情感似的。

在我鬆手之際，雖然是短暫的剎那之間，禮奈的手就像攀附過來一樣向上動了動。

但馬上就停下動作了。

對彼此來說重要的人。這讓我感受到禮奈是怎麼解讀這句話的。

禮奈一邊輕撫著手鍊，緩緩開口說：

「悠太的下一個女朋友，大概不會是我吧。」

聽禮奈這麼說，我也垂下視線。

「因為，我沒能好好面對悠太。」

「沒有這回事……」

「不。是我太過拘束於前女友這個立場了。視野變得太狹隘，才會一心只想著復合而已。我一定錯過了很多近在眼前的事情。」

禮奈用凜然的語氣這麼說。

「我看，直到能再次坦率面對悠太為止，都還是不要再聯絡了。」

我也說著：「這樣啊。」並點了點頭。

禮奈深信這對雙方來說都會比較好，這點從她的表情就能看得出來，更勝於雄辯。

「然後，雖然我也不知道會是多久以後的事情，但當我覺得自己確實成熟到可以好好面對悠太及現在的那個時候……如果悠太身邊並沒有人相伴的話……」

禮奈微微低下頭去，整座涼亭也陷入幾秒鐘的沉默。
最後總算抬起頭來，禮奈露出了柔和的微笑。
「我會好好努力，希望還有機會能跟你在一起。」
禮奈站起身來，她一口氣拉下連帽外套的拉鍊。
底下是一身泳裝，禮奈盡情地伸展了身體。
「到時候你要是有對象了，也不可以劈腿喔。」
「我知道啦。我會銘記在心。」
「呵呵。那就好。」
禮奈仰望了天花板，隨後再次面對我。
接著禮奈伸出手指指向我，微微歪過了頭。
「我絕對會跟你聯絡喔！雖然不知道會不會是最近的事情。」
「好啊。」
這時，我腦海中浮現接續下去的話。
說出來好嗎？
對她這樣說好嗎？
……不過已經決定好了，要將內心的話說出來吧。

「禮奈。」

「嗯？」

「──『改天見』。」

禮奈沉默了一瞬間。

接著，她一次又一次地點點頭。

「……現在或許還有許多不足的地方，但我會變成更好的女生。」

「還要比現在更好啊。」

「嗯。到時候可要讓你後悔當時沒有隨波逐流喔。」

「我隨波逐流真的沒問題嗎？那感覺才真的要擔心會劈腿。」

「也、也是呢。嗯──果然還是要靠長期戰術才行啊。」

我們之間的相處方式，往後恐怕會有一點改變。

但是……

「那我們回去吧。就只有今天的晚餐先不算數。」

禮奈柔和地展現出滿臉笑容。

在月光的照耀下，祖母綠的裝飾隨之閃現光芒。

過去的那道光輝，現在依然毫不遜色。

終章

夜晚的沙灘上，大學生們各自玩著色彩繽紛的煙火。
旅行最後一晚一定會玩煙火。
大家拿著大小不同的煙火，享受著緩緩晃動的光線。
我離開那月及佳代子，獨自站在海浪打上來的岸邊。
那月似乎有所察覺，便拉著佳代子跑去加入「Green」活動的圈子。對我來說，這個舉動很令人感激。
但很不可思議的是，我並不覺得消沉。
之所以這樣獨處，只是想沉浸在回憶裡而已。
畢竟我們想必好一段時間都不會見面了。
這時在海浪聲之中，聽見一道朝我靠近的腳步聲。
可能是小跑步過來吧，速度比想像中還要快。
我回頭一看，真由正好撲了過來。

「禮奈！晚餐的時候妳跑去哪裡了呢？前半段的時候我怎麼樣都找不到妳！」

「啊……嗯。有點事。」

見我含糊其辭，真由也眨了眨一雙大眼。

那可愛的櫻粉色嘴唇揚起了一道弧度。

「要不要一起玩煙火？我帶了一點過來！」

聽她這麼說我低頭一看，真由手上正拿著好幾支煙火。

我並沒有感到消沉，但也沒有心情享受煙火的樂趣。

儘管對真由有點過意不去，正當我想婉拒的時候，目光被其中一支煙火吸引。

給人纖細印象的那個，正是仙女棒。

「……好啊。我拿一支來玩吧。」

「來，請拿。」

真由朝我舉起拿在手中的煙火，我便抽了其中一支。

可能沒什麼人一開始就拿仙女棒來玩，但真由對此沒有特別說什麼。

真由率先點著了自己的煙火，一邊描繪著繽紛的色彩玩了起來。

看她展現出純粹笑容的樣子也讓我不禁莞爾一笑，也跟著拿起打火機。

在仙女棒上點了火。

一開始的火勢比想像中還要貧弱一些。

但在一旁守著，只見火光漸漸地緩緩向上攀升。

最後變成一條線的火柱蜷起，啪滋啪滋地開始四散出火光。

看著這樣虛幻的情景，至今的回憶全都在腦海中一一浮現。

花苞。我們邂逅的那場校慶。

牡丹。幸福的那段交往期間。

松葉。分手的那天。

柳。關係重新開始那一夜的公園。

散菊——現在。

漸漸委靡的火球，在最後一刻散發出特別耀眼的光輝。

我的口中不禁發出「啊」的一聲輕呼。

短暫的剎那間照亮四周的火球，最後輕輕滾落地面。

火球燒焦了一小處沙灘。

消滅掉那微弱悶燒的火焰，是滑過臉頰的一顆透明水滴。

熱淚盈眶。

臉頰也好熱。

……我還覺得自己並沒有感到消沉呢。

化作灰燼的火藥被海風吹遠，一下子就消失在我的視野當中。

聽見靠過來的腳步聲，我連忙調整好表情。

「禮奈。」

她遞過來的是另一支煙火。

「咦？」

「我看妳一開始玩的是仙女棒。下一個就來玩華麗一點的吧！」

真由這麼說著，同時露出純粹的笑容。

她的笑容莫名能讓人重振起來。

或許是「下一個」這個詞，給了我一點勇氣吧。

接過煙火之後，真由立刻就替我點火。

「……禮奈。這趟旅行妳玩得開心嗎？」

這句平靜問出的話，讓我回想起過去。

這一年、兩年。我腦子裡想的都是同一張臉。

「是啊……我玩得很開心。真的……玩得好開心啊。」

我不會輕言放棄。

即使再次失敗，我也不會放棄。

——別離開我。因為那個人一定會對我這麼說。

比剛才還更精彩璀璨的光線，點綴了夜晚的沙灘。

後記

非常感謝各位這次也購買本作。我是御宮ゆう。
這是《小惡魔學妹》系列的第六集。以戀愛喜劇來說，算是篇幅滿長的一部作品。
到了第六集，整個故事總算出現大幅的變化。
說真的，我苦惱很久。我刻意不明說是哪一個地方，但那段劇情要說是從撰寫大綱的階段開始，就是整個系列作當中最令我苦惱的一段發展也不為過。
但如果真的要向前邁進，這對我來說也是必要的發展。
往後也能繼續寫她在這之後的發展就好了。
然後我要在此向各位讀者宣布一件重要的事。
這部《小惡魔學妹》將從下一集開始進入最高潮。
換句話說，本作只會再陪伴各位一年左右的時間。希望大家可以開心地看到最後。
不過在此也通知因為這個消息而感到寂寞的人。
漫畫版的第一集預計在六月二十四日（五）上市（註：本文提及的時間皆為日本出版情

形），只要漫畫這邊持續發展下去，《小惡魔學妹》的世界就不會結束。即使撇開原作者的有色眼鏡也覺得作畫相當精緻，還請各位也務必支持漫畫版。裡頭有很多只有漫畫才能呈現出來的部分，想必可以帶給各位與原作小說截然不同的樂趣！

再加上同樣是Sneaker文庫，將有一部全新撰寫的作品與本集「同時」上市！

書名是《この恋は元カノの提供でお送りします。》。

這部也是大學生的戀愛喜劇，喜歡《小惡魔學妹》的讀者應該也會對這部新作品的內容產生共鳴。請務必拿起來看看。在這邊說個小祕密，《小惡魔學妹》系列的角色說不定也會在新作當中友情演出。

接下來是謝辭。

K責編，第六集尾聲的那段劇情原本打算放在第七集，後來做了這樣的更動在安排上也給你帶來不少辛勞，真的非常感謝你的支持。

負責插畫的えーる老師，終於可以看到三位女主角的泳裝。我差點就要被引渡到另一個世界去，但為了寫第七集還是勉強忍了下來。美到太危險了。

最後是各位讀者，謝謝大家一直以來的支持。都是多虧有大家的支持，故事才可以寫到這裡。

如果沒有各位讀者的支持，以及口耳相傳、寫感想等回饋的話，這個故事肯定在第二集就會結束了。為了報答各位讀者，我會盡全力寫到最後！

那就先在此道別了。期待能在第七集的後記再與各位相見。

御宮ゆう

國家圖書館出版品預行編目資料

小惡魔學妹纏上了被女友劈腿的我/御宮ゆう作 ;
黛西譯. -- 初版. -- 臺北市 : 臺灣角川股份有限公司
, 2023.01-
冊 ; 公分. -- (Kadokawa fantastic novels)
譯自 : カノジョに浮気されていた俺が、小悪魔な
後輩に懐かれています
ISBN 978-626-352-185-8(第6冊 : 平裝)

861.57 111018533

Kadokawa
Fantastic
Novels

小惡魔學妹纏上了被女友劈腿的我 6

（原著名：カノジョに浮気されていた俺が、小悪魔な後輩に懐かれています6）

2023年1月17日　初版第1刷發行

作　者：御宮ゆう
插　畫：えーる
譯　者：黛西

發行人：岩崎剛人
總編輯：蔡佩芬
副主編：林秀儒
美術設計：黃永漢
印　務：李明修（主任）、張加恩（主任）、張凱棋

發行所：台灣角川股份有限公司
地　址：104台北市中山區松江路223號3樓
電　話：（02）2515-3000
傳　真：（02）2515-0033
網　址：www.kadokawa.com.tw
劃撥帳戶：台灣角川股份有限公司
劃撥帳號：19487412
法律顧問：有澤法律事務所
製　版：巨茂科技印刷有限公司
ISBN：978-626-352-185-8

Kadokawa Fantastic Novels